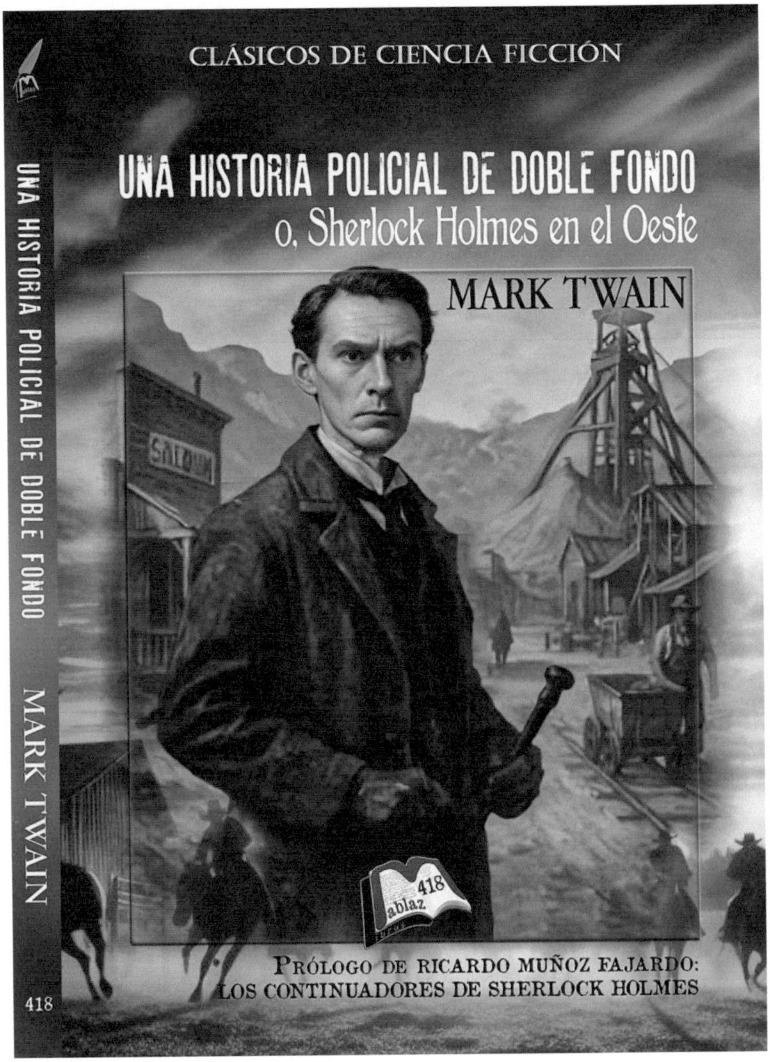

CLÁSICOS DE CIENCIA FICCIÓN

UNA HISTORIA POLICIAL DE DOBLE FONDO
o, Sherlock Holmes en el Oeste

MARK TWAIN

PRÓLOGO DE RICARDO MUÑOZ FAJARDO:
LOS CONTINUADORES DE SHERLOCK HOLMES

418

Una historia policial de doble fondo o Sherlock Holmes en el Oeste
Primera Edición, septiembre de 2025

© Libros Mablaz, Madrid, 2025
www.librosmablaz.com

© De esta edición, Libros Mablaz

blogs:
Editorial Libros Mablaz
**http://editoriallibrosmablazycienciaficcion.blogspot.co
m.es/**
Ciencia ficción y fantasía en Libros Mablaz:
http://mablazlibros.blogspot.com.es/
Librería en Todocolección:
**https://www.todocoleccion.net/s/catalogo?identificad
orvendedor=LibrosMablaz**

Diseño de cubiertas: Mari Carmen López

ISBN: 979-13-990941-4-5
Depósito Legal: M-19708-2025
LIBROS MABLAZ - 418

HISTORIA POLICIAL DE DOBLE FONDO
o Sherlock Holmes en el Oeste

Mark Twain

Prólogo:
Los continuadores de Sherlock Holmes

A pesar del odio innato que tuvo Arthur Conan Doyle por el personaje de Sherlock Holmes, creado por él en el año 1887 y al que no le tuvo ningún apego desde que apareció, fue uno de los personajes literarios que más repercusión tuvo desde que protagonizó la novela Estudio en escarlata. De hecho, la obra de Mark Twain recogida en este libro, titulada más recientemente como Historia policial de doble fondo pero que tuvo otros títulos anteriores, tales como *Sherlock Holmes en Hope Canyon*, *Sherlock Holmes en el Oeste*, sin duda para darle un cariz más comercial al poner el reconocidísimo nombre en la portada del detective privado que tiene poco que ver con cómo se llamó el libro en inglés, *A Double Barrelled Detective Story* (textualmente en castellano Una historia de detective de doble barril, palabra esta última que se puede entender como fondo en lugar de su literalidad), por lo que se ha nombrado también como Cuento policial de doble fondo, un título tan válido como el que hemos decidido ponerle nosotros, más literal el nuestro, recrea al detective Sherlock Holmes en una aventura en el oeste americano, en concreto en California, durante la fiebre del oro, cuando Holmes debe acudir hasta allí para salvar de un embrollo a un pariente suyo.

Los descendientes de Arthur Conan Doyle litigaron durante muchos años para mantener los derechos sobre el personaje de Sherlock Holmes, hasta que la justicia les dio a entender que los royalties sobre una creación artística, como es el dado en este

7

caso, no son eternos y que expiran tras los años transcurridos desde la muerte de su imaginador que designe cada jurisdicción del país que se trate y se convierten en derechos universales.

Por eso, es extraño que Samuel Langhorne Clemens, el verdadero nombre de Mark Twain, pudiera utilizar el nombre de Sherlock Holmes en 1902, tan pocos años después del nacimiento del personaje, sí que vulneraba los derechos de autor, salvo que Twain llegara a un acuerdo con Doyle para que pudiera utilizarlo, acción que no se conoce que ocurriera. Y como no fue denunciado en su día, creemos que este libro merece mucho la pena sacarlo de nuevo a la luz.

Porque Historia policial de doble fondo es una obra que mantiene la calidad de las obras más conocidas de Twain, como pueden ser las novelas de la serie de Tom Sawyer o la excelente Un yanqui en la corte del rey Arturo y no la mediocridad de otras obras suyas, cuando su economía amenaza quiebra y escribía libros en un mes.

También se ha de constatar que Mark Twain no es la única novela de ciencia ficción o fantasía que escribió. Además de la ya citada *Un yanqui en la corte del rey Arturo* (1899) y la también muy conocida *El forastero misterioso* (1897-1908, que cuenta con cuatro versiones y se considera no terminada, están *El robo del elefante blanco* (1882), *Tres mil años entre los microbios* (1905, inconclusa), *Cartas desde la Tierra* (hacia 1909, publicada en 1962), *La Biblia según Mark Twain* (recopilación de escritos, publicada en España en 1995).

Ciñéndonos ahora al título del prólogo *Los continuadores de Sherlock Holmes*, vamos a detallar ahora algunos autores que utilizaron el nombre del detective para desarrollar una o varias obras, ya fuera con los derechos vigentes o ya extintos.

Hablaremos tan solo de España. Relativamente pronto, en el mundo de la historieta, Gabriel Arnao Crespo creó *Sherlock López y Watso de Leche* (1943). En 1970, Raf creó otro tebeo referido a él, *Sir Tim O'Theo*. Por último, para homenajear el medio siglo de vida de la serie Detective Comics, en 1987, Holmes apareció en un número especial junto a Batman, el personaje más popular de la colección. En realidad, esta última cita no se refiere a ningún español, pero hemos considerado adecuado agrupar todas las irrupciones conocidas de Sherlock Holmes en el mundo de la historieta, sin olvidarnos de los números dedicados a él en la colección Relatos Salvajes.

Situándonos ya en el mundo de la narrativa, nombramos en primer lugar a Enrique Jardiel Poncela, que trata al menos tres veces de Sherlock Holmes en sus textos, en *Los 38 asesinatos y medio del Castillo de Hull* (1936), *Novísimas aventuras de Sherlock Holmes* (1939) *y Para leer mientras sube el ascensor* (1948), casi siempre parodiándole.

Tras él habremos de citar al ganador de tres premios Ignotus a la mejor novela, Rodolfo Martínez, que ha publicado que entrelaza la figura de Holmes con el mundo Lovecraft. Los títulos publicados hasta la fecha protagonizados por el detective son *Sherlock Holmes y la sabiduría de los muertos* (2004), *Sherlock Holmes y las huellas del poeta* (2006), *Sherlock Holmes y la boca del infierno* (2008) y *Sherlock Holmes y el heredero de nadie* (2009). Se habla de que está preparando otro libro sobre Holmes, sin más noticias.

Por su parte, Carlos Pujol cuenta con un relato breve protagonizado por Sherlock, *Fortunas y adversidades de Sherlock Holmes* (2008).

Blas Matamoro, bonaerense de nacimiento pero residente en España desde 1976, en *Los bigotes de la Gioconda* (2012) trata de la relación entre Holmes y Watson.

Otros autores que hablan sobre el detective son Rafael Martín en Elemental, querido Chaplin (2005); Alberto López Aroca en *Sherlock Holmes y los zombis de Camford* (2010) y *Charlie Marlow y la rata gigante de Sumatra* (2012); y Javier Casis en *Los cuadernos secretos de Sherlock Holmes* (2013)

Ricardo Muñoz Fajardo, además, ha creado una saga sobre Sherlock Holmes en un ambiente *steampunk*, compuesta hasta el momento por tres títulos que, al menos, llegarán a cinco. El primero de ellos es *Monstruos de Whitechapel* (2017), sobre la investigación de quién es Jack el Destripador. Después le sigue *Luz de gas a orillas del Támesis* (2021), en la que descubre al Asesino del Torso, uno de los criminales actuantes en Londres con parecido número de asesinatos que El Destripador, y *El mito de Moriarty* (2024), la lucha final de Holmes y Watson contra el archienemigo del primero, que en realidad solo aparece en dos historias de Doyle y que fue creado por él para matar a Sherlock. Para un futuro próximo estarán *El otro Holmes*, que narrará un supuesto desplazamiento a Chicago para detener a un asesino en serie y *El huerto del francés o El caso en España de Holmes y Watson*.

Ricardo Muñoz Fajardo

Capítulo I

La primera escena ocurre en el campo, en Virginia; época, 1880. Se ha celebrado la boda de un gallardo joven de escasos recursos con una muchacha rica: un caso de amor a primera vista y un casamiento precipitado, contra la enconada oposición del padre viudo de la novia.

Jacob Fuller, el novio, cuenta veintiséis años y es el vástago de una familia antigua pero de poca monta, emigrada por compulsión de Sedgemoor y ello en beneficio de las arcas reales; todos decían esto, los unos con malignidad, el resto simplemente porque así lo creía. La novia tiene diecinueve años y es hermosa. Apasionada, sensible, romántica, inconmensurablemente orgullosa del linaje de su caballero y plena de ardiente amor por su joven marido. Por él había desafiado el enojo de su padre, soportado sus reproches, escuchado con inconmovible lealtad sus predicciones y abandonado la casa paterna sin su bendición, feliz y orgullosa de las pruebas que daba de la cualidad del afecto anidado en su corazón.

A la mañana siguiente de la boda, la esperaba una triste sorpresa. Su marido rechazó sus caricias y le dijo:

—Siéntate. Tengo algo que decirte. Yo te amaba. Esto ocurrió antes de que le pidiera tu mano a tu padre. Su rechazamiento no motiva mi queja; yo habría podido soportarlo. Pero las cosas que te dijo de mí... eso es harina de otro costal. Sí... No necesitas hablar. Ya sé de qué se trata.

Las he sabido de fuente auténtica. Entre otras cosas, dijo que mi carácter estaba estampado en mi rostro; que yo era un traidor, un hipócrita, un cobarde y un bruto sin sentimiento alguno de piedad. «El sello de Sedgemoor», llamaba él aquello.

Otro hombre, en mi lugar, habría ido a su casa a matarlo de un tiro. Yo pensé hacerlo, pero se me ocurrió algo mejor: resolví hacerle sufrir pública vergüenza, destrozarle el corazón, matarlo a pulgadas. ¿Cómo hacerlo? ¡Con mi manera de tratarte a ti, su ídolo! Me casaría contigo y luego... Ten paciencia. Ya lo verás.

A partir de este momento, por espacio de tres meses, la joven esposa sufrió todas las humillaciones, todos los insultos, todos los agravios que pudo urdir el espíritu ingenioso y diligente de su marido, salvo las lesiones físicas.

La sostuvo su fuerte orgullo y conservó en secreto sus congojas. De vez en cuando, su marido decía: —¿Por qué no vas a contárselo a tu padre? Luego inventaba nuevas torturas, las ponía en práctica y volvía a preguntar lo mismo. Ella siempre contestaba.

—Él nunca lo sabrá por mi boca.

Y le echaba en cara su origen, le decía que ella era la legítima esclava de un vástago de esclavos y que debía obedecer y que lo haría... hasta ese punto, pero no más: él podía matarla, si quería, pero no lograría doblegarla. Esto era impropio del linaje de Sedgemoor. Al terminar los tres meses, él dijo, con una sombría intención en su gesto:

—He probado todos los recursos, menos uno.

Y esperó la respuesta.

—Pruébalo —replicó ella y frunció los labios burlonamente.

Esa noche, él se levantó a las doce y se vistió y le dijo a su mujer:

—¡Levántate y vístete!

Ella obedeció: como siempre, sin pronunciar una sola palabra. Su marido la llevó a medio kilómetro de la casa y procedió a amarrarla a un árbol situado junto a la carretera, y lo logró, mientras ella chillaba y forcejeaba. Luego la amordazó, le azotó el rostro con su cinturón y le echó encima sus sabuesos.

Estos le arrancaron la ropa a la cautiva y su esposa quedó desnuda. Él alejó a los perros y dijo:

—Serás hallada por... el público que pase. Empezará a pasar dentro de tres horas y divulgará la noticia. ¿Lo oyes? Adiós. Es la última vez que nos vemos.

Luego se alejó. Ella gimió para sí:

—Tendré un hijo... ¡suyo! ¡Dios quiera que sea varón! Poco después, los jornaleros la desataron... y divulgaron la noticia, como era natural. Sublevaron a la gente con ánimo de linchamiento, pero el pájaro había volado. La joven esposa se encerró en casa de su padre; Este se encerró con ella y a partir de ese momento no quiso ya ver a persona alguna. Su orgullo estaba aniquilado y lo mismo su corazón; de modo que se fue consumiendo día a día, y hasta su hija se alegró; cuando llegó la muerte para liberarlo.

Luego, la joven vendió las propiedades paternas y desapareció.

Capítulo II

En 1886, en una modesta casa próxima a un apartado pueblo de Nueva Inglaterra, vivía una joven, sin más compañía que un chiquillo de unos cinco años de edad. Se dedicaba a su trabajo, no alentaba a las amistades y no las tenía. El carnicero, el panadero y sus demás proveedores, sólo podían decirle a la gente del pueblo que era la señora Stillman y que llamaba a su hijo Archy. No habían podido descubrir de dónde provenía, pero decían que su acento parecía propio del Sur. El niño no tenía compañeros de juego y su madre era su único maestro. Esta le enseñaba en forma activa e inteligente y los resultados la satisfacían; hasta se sentía algo orgullosa de ellos. Cierto día, Archy le dijo:

—Mamá... ¿soy distinto de los demás niños?

—Supongo que no. ¿Por qué?

—Una niña que vi ahí fuera me preguntó si había pasado el cartero y yo dije que sí, y ella me preguntó cuándo lo había visto y yo dije que no lo había visto, y ella me preguntó cómo lo sabía entonces y yo dije que lo sabía por haber olido sus huellas en la vereda, y ella dijo que yo era un tonto y me hizo una mueca. ¿Por qué hizo eso?

La joven palideció y se dijo: «¡Es una marca de nacimiento!

«Tiene el don del sabueso».

Atrajo al niño hacia su pecho y lo abrazó apasionadamente, diciendo:

—¡Dios ha señalado el camino! Sus ojos ardían con salvaje brillo y la excitación entrecortaba su aliento.

Se dijo: «Ahora, el enigma está resuelto. Muchas veces, las cosas inverosímiles que hacía este niño en la oscuridad fueron un misterio para mí, pero ahora todo me resulta claro».

Le hizo sentar en su sillita y dijo:

—Espérame un momento, querido. Luego hablaremos del asunto.

Subió a su cuarto y tomó varios pequeños objetos de su tocador y los escondió: una lima para las uñas que puso en el suelo debajo de la cama; un par de tijeras para las uñas, que colocó debajo del escritorio, y un cortapapel de marfil, que ocultó debajo del ropero. Luego volvió y dijo:

—¿Sabes?... He dejado arriba algunas cosas que debí traer.

Se las enumeró y dijo:

—Corre arriba y tráemelas, querido.

El niño subió presurosamente y no tardó en volver con las cosas.

—¿Tuviste alguna dificultad, querido?

—Ninguna, mamá. Me bastó con ir adonde fuiste tú.

Durante su ausencia, ella se había acercado a la biblioteca, tomado varios libros del estante inferior, pasado su mano por ciertas páginas, anotado su número en su memoria y devuelto los mismos a su sitio. Ahora dijo:

—He estado haciendo algo durante tu ausencia, Archy. ¿Crees poder adivinar qué fue?

El niño fue hacia la biblioteca y tomó los libros que ella tocara y los abrió en las páginas que su madre abriera.

Esta lo sentó sobre su regazo y dijo:

—Ahora contestaré a tu pregunta, querido. He descubierto que, en cierto sentido, eres distinto de los demás. Eres capaz de ver en la oscuridad, de oler lo que no pueden oler los otros: tienes los dones del sabueso. Son cualidades útiles y valiosas, pero debes guardar el secreto. Si la gente las descubre, dirá que eres un niño extraño, un niño curioso y los demás niños se mostrarán poco amables contigo y te pondrán apodos. En este mundo hay que ser como todos los demás, si no se quiere provocar desdén o envidia o celos. Has nacido con una grande y hermosa virtud y me alegro de ello. Pero, en bien de tu mamá, la conservarás en secreto... ¿no es así? El niño prometió, sin comprender.

Durante todo el resto del día, el cerebro de la madre rebosó de pensamientos secretos: de planes, proyectos, maquinaciones, todos y cada uno misteriosos, lúgubres y sombríos. Con todo, iluminaron su rostro, lo iluminaron con una atenuada luz propia, lo iluminaron con vagos fuegos del infierno. La poseía una fiebre de desasosiego, no podía permanecer sentada ni parada, ni leer ni coser; sólo encontraba alivio en el movimiento. Ponía a prueba el don de su hijo de mil maneras y se decía sin cesar, con el pensamiento puesto en el pasado: «Él destrozó el corazón de mi padre, y noche y día he tratado en vano, durante todos estos años, de inventar la manera de destrozar el suyo. Ahora la he hallado... La he hallado».

Al caer la noche, el demonio del desasosiego seguía poseyéndola.

Prosiguió con sus pruebas: con una vela atravesó la casa, desde el desván hasta el sótano, ocultando alfileres, agujas, dedales, carretes debajo de las almohadas, de las alfombras, en las grietas de las paredes, bajo el carbón del depósito. Luego enviaba al niño en la oscuridad a buscarlos, cosa que Este efectuaba con éxito, mostrándose feliz y orgulloso cuando ella le elogiaba y asfixiaba con sus caricias.

A partir de entonces, la vida tomó nuevos caracteres para ella. La señora Stillman dijo: «El porvenir es seguro, puedo esperar y gozar de la espera». La mayoría de sus intereses perdidos resucitó. Volvió a ocuparse de la música y de los idiomas, del dibujo, de la pintura y de otros placeres de su doncellez, desechados desde mucho tiempo antes. Volvió a sentirse feliz y a disfrutar del placer de vivir. Mientras fluían a la deriva los años observaba el desarrollo de su hijo y se sentía satisfecha. No del todo, pero suficientemente. El corazón del niño era un poco demasiado tierno. Tal era, para su madre, su único defecto. Pero consideraba que el amor filial de su hijo y la adoración que sentía por ella lo compensaban. Era un buen odiador y esto estaba bien; pero cabía preguntarse si el material de sus odios era tan resistente y tenaz como los de sus amistades... y esto ya no estaba tan bien.

Los años siguieron fluyendo a la deriva. Archy se había convertido en un joven gallardo, bien formado, atlético, cortés, digno, simpático, de modales agradables y aparentemente de edad algo mayor que sus dieciséis años. Cierta noche, su madre le anunció que debía decirle algo de suma importancia, agregando que era lo bastante crecido para saberlo y con suficiente edad, carácter y estabilidad para llevar a cabo un severo plan que ella urdiera y madurara por espacio de años. Luego le contó su dolorosa historia, en todo su desnudo horror. El niño quedó petrificado durante algunos instantes; después dijo:

—Comprendo. Somos del Sur, y dados nuestros hábitos y temperamento, sólo hay una reparación posible. Iré en su busca y lo mataré.

—¿Matarlo? ¡No! La muerte es liberación, emancipación. La muerte es un favor. ¿Le debo yo favores? No debes tocarle un solo pelo.

El niño quedó abismado en cavilaciones durante algún tiempo. Luego dijo:

—Lo eres todo para mí y tu deseo es mi ley y mi placer. Dime qué debo hacer y lo haré.

Los ojos de la madre brillaron de satisfacción y manifestó:

—Irás en su busca. Conozco su escondite desde hace once años; me costó cinco y aún más búsquedas y mucho dinero en localizarlo. Es un minero de cuarzo en Colorado y acomodado, por cierto. Vive en Denver. Se llama Jacob Fuller... es la primera vez que pronunció su nombre desde aquella noche inolvidable. ¡Piénsalo! Ese apellido pudo haber sido el tuyo si yo no te hubiese ahorrado esa vergüenza, proporcionándote uno más limpio. Le obligarás a irse de allí, le darás caza y volverás a echarlo; y seguirás haciendo esto una y otra y otra vez, persistentemente, sin cesar, envenenando su vida, llenándola de misteriosos terrores, colmándola de agotamiento y de dolor, haciéndole desear la muerte y el valor de un suicida. Lo convertirás en un nuevo Judío Errante; ya no conocerá descanso, ni tendrá paz, ni sueño plácido; lo seguirás como una sombra, aterrándote a él, persiguiéndolo hasta destrozarle el corazón como destrozó el de mi padre y el mío.

—Obedeceré, mamá.

—Lo creo, hijo mío. Todos los preparativos están hechos; todo está pronto.

Aquí tienes una carta de crédito; no te fijes en gastos, no falta dinero.

En ocasiones quizá necesites disfraces. Te los he proporcionado, como también otras comodidades.

La señora Stillman sacó de una gaveta de la mesa de la máquina de escribir varias hojas. Todas ellas ostentaban estas palabras escritas a máquina:

10.000 DÓLARES DE RECOMPENSA

Se cree que reside aquí un hombre buscado en un estado del Este. En 1880, de noche, amarró a su joven esposa a un árbol, junto a una carretera, le cruzó la cara con un cinturón e hizo que sus sabuesos le arrancaran la ropa, dejándola desnuda. La abandonó allí y huyó del país.

28

Un pariente de la esposa lo ha buscado por espacio de diecisiete años.

Dirigirse a... casilla de correo. La expresada recompensa será pagada en efectivo a la persona que le proporcione al buscador, en una entrevista personal, la dirección del delincuente.

—Cuando lo hayas encontrado y después de familiarizarte con su olor, colocarás de noche una de estas hojas sobre el edificio donde está ese hombre y otra sobre la pared del correo o en algún otro sitio prominente. Esto será la comidilla de la región. Al principio, debes darle varios días para vender urgentemente sus bienes a un precio que se aproxime a su valor. Lo arruinaremos luego, pero gradualmente: no debemos empobrecerlo de inmediato, porque esto podría sumirlo en la desesperación y dañar su salud, quizá matarlo.

La señora Stillman sacó de la gaveta otras tres o cuatro hojas escritas a máquina, todas ellas copias y leyó una:

A Jacob Fuller: Tiene usted... días para liquidar sus asuntos. No será molestado durante ese período, que expirará al mediodía del... de... Entonces tendrá que MARCHARSE. Si sigue en el mismo sitio después de la hora indicada, colocaré carteles relativos a usted sobre todas las paredes libres, detallando de nuevo su delito y añadiendo la fecha, el lugar y los nombres de todos los participantes, inclusive el suyo. No tema daño corporal alguno, no le será causado en ningún caso. Usted ha hecho sufrir a un anciano y ha arruinado su vida y destrozado su corazón. Sufrirá lo que sufrió él.

—No pondrás firma alguna. Debe recibir esto antes de enterarse del cartel relativo a la recompensa —antes de levantarse por la mañana—, a fin de evitar que pierda la cabeza y resuelva huir de allí sin un centavo.

—No lo olvidaré.

—Sólo necesitarás usar estas hojas al principio... con una vez, quizá baste. Luego, cuando estés pronto a expulsarlo de determinado paraje, procura que reciba un ejemplar de este tipo, que simplemente dice: MÁRCHESE. Tiene... días.

—Obedecerá. No cabe duda.

Capítulo III

Extractos de las cartas a la madre: Denver, 3 de abril de 1897.

Hace varios días que vivo en el mismo hotel que Jacob Fuller. Tengo su olor: podría rastrearlo entre diez divisiones de infantería y dar con su pista. He estado cerca de él a menudo y le he oído hablar. Es dueño de una buena mina y Esta le proporciona una renta satisfactoria; pero no es rico. Ha aprendido el oficio de minero en forma muy adecuada; trabajando por un sueldo. Es un ser alegre y lleva sus cuarenta y tres años sin que le pesen; podría pasar por un joven... digamos de treinta y seis o treinta y siete años. No ha vuelto a casarse; pasa por viudo. Goza de buena reputación, es querido, popular y tiene muchos amigos. Hasta yo me siento atraído por él; es la sangre paterna que reclama lo suyo. ¡Cuán ciegas e irrazonables y arbitrarias son algunas leyes de la naturaleza!... ¡La mayoría de ellas, en realidad! Mi tarea se ha vuelto dura, ahora... —¿lo comprendes? Compréndelo y discúlpame—, y el fuego que me impulsaba se ha enfriado, más de lo que yo querría confesarme. Pero cumpliré lo que me he propuesto. Hasta disminuido el placer, el deber queda en pie y no lo perdonaré.

Y, para ayudarme, brota en mí un intenso rencor cuando reflexiono que él, autor de ese aborrecible delito, es el único que no ha sufrido por su causa. La lección que ello le ha proporcionado, ha cambiado evidentemente su carácter y el cambio lo ha hecho feliz. Él, el culpable, es absuelto de todo sufrimiento; tú, la inocente, has sido abrumada por el dolor. Pero consuélate: cosechará lo suyo.

***

Silver Gulch, 19 de mayo.

Coloqué el modelo número 1 en la medianoche del 3 de abril; una hora después, deslicé el modelo número 2 por debajo de la puerta de su cuarto, notificándole que debía abandonar Denver a las 11,50 de la noche del 14 o antes de esa hora.

Algún reportero que vagaba a altas horas de la noche robó uno de mis carteles, luego recorrió la ciudad, encontró el otro y lo robó también. En esta forma logró lo que su profesión llama una «primicia», esto es, una crónica valiosa, y cuidó de que no la obtuviera otro periódico. ¡Y así el suyo —el principal de la ciudad— publicó el cartel con llamativos titulares en la página editorial de la mañana siguiente, seguido por una opinión volcánica de nuestro miserable, de una columna de extensión y que terminaba agregando mil dólares a nuestra recompensa por cuenta del periódico! Los periódicos de este país saben hacer cosas nobles... cuando Estas prometen ser un buen negocio.

Al desayunarme, ocupé mi asiento de costumbre, elegido porque me permitía ver de lleno el rostro de papá Fuller y por estar lo bastante próximo para escuchar la conversación de su mesa. En el salón había setenta y cinco o cien personas y todos discutían aquella crónica y expresaban su confianza en que el buscador encontraría al bribón y eliminaría de la ciudad aquel elemento contaminador... embarcándolo en un tren o liquidándolo de un balazo o algo así.

Al entrar Fuller, traía doblada en una mano la advertencia para marcharse y el periódico en la otra; y sentí bastante pena al verlo. Su aire alegre había desaparecido y estaba viejo y atormentado y de color ceniza.

Y entonces... ¡piensa en las cosas que debió escuchar! Oyó, mamá, cómo sus amigos, que nada sospechaban, lo califican con epítetos y descripciones tomados de los diccionarios y libros de lexicología de las ediciones autorizadas de Satanás. Y, lo que es más, debió mostrarse de acuerdo con los veredictos y aplaudirlos. Pero su aplauso dejaba un sabor amargo en su boca: no pudo disimulármelo. Y era evidente que su apetito había desaparecido; se limitaba a mordisquear; no podía comer.

Finalmente, un hombre dijo:

—Es muy probable que ese pariente se encuentre en esta habitación, escuchando qué piensa la ciudad de ese indecible pillastre. Así lo espero.

¡Ah, querida madre! Fuller acusó un sobresalto lastimero y miró en torno con temor. No podía seguir soportando aquello y se levantó y se fue.

Durante varios días, anunció que había comprado una mina en México y que quería vender todo y marcharse allí tan pronto como fuera posible y consagrarle a la propiedad su atención personal. Jugó bien sus naipes: dijo que aceptaría 40 000 dólares, la cuarta parte en efectivo y el resto en pagarés sólidos. Pero que como tenía mucha necesidad de dinero, dada su nueva compra, se conformaría con un precio menor si se le pagaba en efectivo. Vendió todo por 30 000 dólares. Y... ¿Sabes qué hizo entonces? Pidió billetes de banco y los obtuvo, diciendo que el hombre de México era un nativo de Nueva Inglaterra cuya cabeza estaba llena de manías y que prefería los billetes de banco al oro o a las libranzas. A la gente, esto le pareció extraño, ya que una libranza sobre Nueva York podía proporcionar billetes de banco muy cómodamente. Se habló de este extraño asunto, pero sólo por espacio de un día; esto es el término máximo que dura un tema en Denver.

Yo seguía observándolo sin cesar. Apenas quedó completada la venta y fue pagado el dinero —cosa que ocurrió el 11—, empecé a seguir los pasos de Fuller, pegado a sus talones, sin abandonarlo ni por un momento. Esa noche —no, la del 12, porque aquello sucedió poco después de la medianoche— lo seguí hasta su cuarto, que estaba a cuatro puertas del mío en el mismo pasillo; luego volví sobre mis pasos y me puse mi sucio disfraz de obrero, me tizné el rostro y me senté en mi cuarto en la sombra, con un maletín a mi alcance, con una muda de ropa y la puerta entreabierta, sospechando que el pájaro alzaría el vuelo. Al cabo de media hora, pasó una vieja llevando una maleta; percibí el olor familiar y la seguí con mi maletín en la mano, porque se trataba de

Fuller. Este salió del hotel por una puerta lateral, y al llegar a la esquina, dobló por una calle poco concurrida y caminó tres cuadras bajo una leve lluvia y en medio de una densa oscuridad y subió a un carricoche de dos caballos, que desde luego lo esperaba especialmente. Tomé asiento (sin invitación) en la caja posterior del vehículo y Este se puso en marcha con rapidez. Recorrimos quince kilómetros y el carricoche se detuvo ante una estación de una sola vía y su ocupante bajó y se sentó sobre un bulto bajo la marquesina, lo más lejos posible de la luz; yo entré y vigilé la boletería. Fuller no compró boleto; yo tampoco. A poco llegó el tren y él subió a un vagón; yo subí al mismo vagón por el otro extremo y atravesé el pasillo y me senté detrás de él. Cuando Fuller le pagó el boleto al guarda y le indicó su punto de destino, me alejé un poco mientras el guarda cambiaba un billete, y cuando Este llegó a cobrarme, le pedí pasaje para el mismo punto, situado a unos ciento cincuenta kilómetros al Oeste.

A partir de entonces, durante una semana, Fuller me hizo bailar.

Hube de viajar aquí y allá y acullá —siempre en un tren que iba al Oeste—, pero Fuller dejó de ser una mujer después del primer día de viaje. Se convirtió en un obrero, como yo y usó tupidas patillas postizas. Su disfraz era perfecto y podía desempeñar aquel papel con toda naturalidad, ya que había trabajado a jornal en las minas. Su más íntimo amigo no lo habría reconocido, Finalmente, se estableció aquí, en el más oscuro campamento de las montañas de Montana; tiene una cabaña y sale a diario a catear el terreno, en busca de yacimientos. Desaparece por todo el día y rehúye la compañía. Yo vivo en la pensión de un minero y se trata de un lugar horrible; las camas de campaña, la comida, la mugre... todo. Hace cuatro semanas que estamos aquí y en ese tiempo sólo lo he visto una vez; pero todas las noches le sigo la pista y me mantengo al corriente. Apenas hubo alquilado una cabaña aquí, fui a un pueblo situado a ochenta kilómetros y telegrafié al hotel de Denver, ordenando que conservaran mi equipaje hasta que yo mandase a buscarlo. Aquí no necesito más que unas camisas para cambiarme y las he traído conmigo.

***

Silver Gulch, 12 de junio.

Según parece, el episodio de Denver no ha llegado a saberse aquí.

Conozco a la mayoría de los hombres del campamento y Estos nunca se han referido a aquél, al menos que yo sepa. Sin duda, Fuller se siente completamente a salvo en esas condiciones. Ha encontrado una pertenencia a tres kilómetros de distancia, en un sitio apartado de las montañas. El asunto tiene buenas perspectivas y Fuller trabajaba activamente. ¡Ah! ¡Qué cambio se ha operado en él! Nunca sonríe y siempre está solo, sin hablar con nadie... él, tan afecto a la compañía y tan alegre hace unos pocos meses. Lo he visto pasar de largo varias veces, hace poco... abatido, desamparado, el andar sin elasticidad, dando en general la impresión de una figura patética. Se hace llamar David Wilson.

Puedo confiar en que se quedará aquí mientras no lo molestemos. Ya que insistes, lo echaré de nuevo, pero no sé cómo podría ser más desdichado que ahora. Volveré a Denver y me permitiré una temporadita de comodidad, de comida comestible, de lechos soportables y decencia corporal. Luego traeré mis cosas y le notificaré al pobre papá Wilson que debe seguir su viaje.

**

Denver, 19 de junio.

Aquí lo echan de menos. Todos confían en que está prosperando en México y no se limitan a decirlo con sus bocas, sino

45

también con sus corazones. Ya sabes que eso puede notarse siempre. Confieso que estoy demorando aquí más de la cuenta. Pero si estuvieras en mi lugar, te apiadarías de mí. Sí, ya sé qué dirás y tienes razón: si yo estuviese en tu lugar, y llevara tus quemantes recuerdos en mi corazón... Mañana tomaré el tren nocturno de regreso.

***

Denver, 20 de junio.

¡Dios nos perdone, mamá! ¡Estamos dando caza a otro hombre! No he dormido en toda la noche. Ahora, al amanecer, estoy esperando el tren de la mañana... ¡y cómo se arrastran los minutos, cómo se arrastran! Este Jacob Fuller es un primo del culpable. ¡Cuán estúpidos hemos sido al no meditar que el culpable no volvería a usar su verdadero nombre después de su diabólica hazaña! El Fuller de Denver tiene cuatro años menos que el otro; llegó aquí siendo un joven viudo en 1879, a los veintiún años de edad... un año antes de que te casaras. Y los documentos que lo prueban son innumerables. Anoche hablé con amigos íntimos que lo conocieron desde su llegada. Nada dije, pero dentro de unos días lo devolveré a este pueblo, compensándole la pérdida de su mina. Y habrá un banquete y un desfile de antorchas y todo a costa mía.

¿Llamas a esto «exceso»? No soy más que un muchacho, como bien sabes: es mi privilegio. Dentro de poco ya no seré un muchacho.

Silver Gulch, 3 de julio.

¡Mamá, se ha ido! Se ha ido sin dejar huellas. El olor se había enfriado cuando llegué. Hoy me levanto por primera vez de la cama desde entonces. Ojalá yo no fuese un muchacho; entonces podría soportar mejor las conmociones. Todos creen que él se ha marchado al Oeste. Me voy esta noche en una carreta; dos o tres horas de viaje así y luego tomaré un tren. No sé adónde voy, pero debo ir; tratar de quedarme inmóvil significaría una tortura.

Desde luego, él ha borrado sus huellas con un nuevo nombre y un disfraz. Esto significa que quizá yo tenga que registrar todo el mundo para encontrarlo. A decir verdad, es lo que espero. ¿Comprendes, mamá? Soy yo el Judío Errante. ¡Qué ironía! Habíamos convenido esto para otro.

¡Piensa en las dificultades! Y no las habría si yo pudiera avisarle.

Pero si hay alguna manera de avisarle que no lo asuste, no he logrado descubrirla, a pesar de haber meditado en ello hasta enervárseme el cerebro. «Si el caballero que compró últimamente una mina en México y vendió otra en Denver quiere enviarle su dirección a... (¡a quién mamá!), se le explicará que todo ha sido un error, se le pedirá perdón y se le indemnizará plenamente la pérdida sufrida en cierto asunto».

¿Comprendes? Él sospecharía una trampa. Cualquiera pensaría lo mismo.

Si yo dijese: «Se sabe, ahora, que el hombre buscado no es él sino otro y que Este llevó antaño el mismo nombre, pero que lo abandonó por buenos motivos»... ¿bastaría esto? Pero la gente de Denver despertaría entonces y diría «Ajá» y recordaría los sospechosos billetes de banco y opinaría: «¿Por qué huyó si no era el hombre buscado? Esto es demasiado inconsciente». Si yo no consiguiera encontrarlo, él quedaría arruinado allí... allí donde ahora no tiene mácula alguna. Tú eres más inteligente que yo. Ayúdame.

Tengo una pista y sólo una. Conozco su letra. Si inscribe su nuevo nombre falso en un registro de hotel y no lo disfraza demasiado, ese conocimiento me será valioso si lo encuentro algún día.

***

San Francisco, 28 de junio de 1898.

Ya sabes cómo he registrado los estados desde el Colorado hasta el Pacífico y cuán poco me faltó para dar con él en cierta oportunidad. Pues bien... De nuevo me faltó bien poco para encontrarlo. Fue aquí, ayer. Di con su huella, caliente, en la calle y lo seguí rápidamente a un hotel barato. Esto fue un costoso error; un perro habría tomado otro camino.

Pero yo sólo soy perro en parte y puedo volverme muy humanamente estúpido cuando estoy excitado. Él había estado parando en aquella casa durante diez días; prácticamente sé ahora que nunca se detiene mucho tiempo en ninguna parte y que es inquieto y está siempre en movimiento.

¡Comprendo ese sentimiento! Y sé qué significa experimentarlo. Sigue usando el nombre con que se había inscrito en el registro cuando poco me faltó para dar con él hace nueve meses: «James Walker»; sin duda, el mismo que adoptara al huir de Silver Gulch. Es un hombre modesto y de escaso gusto para los nombres imaginarios. Reconocí fácilmente su letra, dado su escaso disfraz. Es un hombre íntegro, no muy apto para las imposturas y fingimientos.

Me dijeron que acababa de salir de viaje, sin dejar su dirección. No había dicho adonde se iba, asustándole al parecer el pedido de que dejara su dirección; sólo había llevado como equipaje una valija barata y lo había hecho a pie. Un «viejo tacaño, con cuya partida la casa no ha perdido gran cosa». «¡Un viejo!». Supongo que debe serlo, ahora.

Apenas si escuché, sólo me quedé allí un momento. Me precipité sobre su rastro y Este me condujo a un muelle. ¡Mamá, el humo del vapor que había tomado se estaba desvaneciendo en el horizonte! Yo habría ganado media hora siguiendo la dirección exacta desde el primer momento.

Hubiera podido tomar un rápido remolcador y alcanzar ese vapor. Su destino es Melbourne.

***

Hope Cañón, California, 3 de octubre de 1900.

Tienes derecho a quejarte. «Una carta por año» es bien poco: lo reconozco ampliamente. Pero... ¿cómo escribir cuando sólo se puede hablar de fracasos? Nadie podría mantenerse firme. Esto destroza el corazón.

Te he contado —hace siglos, parece ya— cómo le perdí el rastro en Melbourne y cómo le di caza luego por Australasia durante meses consecutivos.

Bueno. Después de esto, lo seguí a la India; poco me faltó para verlo en Bombay; le di caza a través de Baroda, Rawalpindi, Lucknow, Lahore, Cawnpore, Allahabad, Calcuta, Madrás... por todas partes, semana tras semana, mes tras mes, a través del polvo y de un calor achicharrante... siempre aproximadamente sobre su pista, a veces cerca de él, pero sin atraparlo nunca. Y, luego, llegué a Ceilán y después a... Tanto da. Dentro de poco, te lo contaré todo.

Le di caza cuando volví a California y después a México y de nuevo a California. Desde entonces, lo he estado persiguiendo por todo el estado, desde el primero de enero último hasta hace un mes. Estoy casi seguro de que no está lejos del Hope Cañón. Le seguía la pista hasta un punto situado a unos cuarenta y cinco kilómetros de aquí, pero allí le perdí el rastro. Alguien, seguramente, lo hizo subir a su carreta.

Ahora me estoy tomando un descanso... modificado por búsquedas del rastro perdido. Me sentía mortalmente cansado y decaído, mamá, y en ocasiones incómodamente próximo a perder la esperanza; pero los mineros de este pequeño campamento son buenos muchachos y yo estoy habituado últimamente a los hombres como ellos y sus alegres modales lo refrescan a uno y le hacen olvidar sus preocupaciones. Hace un mes que estoy aquí. Comparto mi cabaña con un joven llamado Sammy Hillyer, de unos veinticinco años —hijo único, como yo— y que ama tiernamente a su madre y le escribe todas las semanas... en lo cual, sólo me parezco a él en parte. Es tímido y en materia de inteligencia... Bueno, no se podrá decir de él que inventó la pólvora. Pero tanto da; es querido, es bueno y generoso, y da placer y nutre y permite descansar, y es un lujo el charlar con él y volver a tener un camarada. Ojalá «James Walker» lo tuviera. Tenía amistades; le gustaba la compañía. Esto mejora su imagen, la imagen que me dejó cuando lo vi por última vez. ¡Qué emoción! Se me presentaba una y otra vez. ¡En esa oportunidad, pobrecito, yo estaba cercando su conciencia para obligarle a marcharse de nuevo! El corazón de Hillyer es más bondadoso que el mío, más bondadoso que el de cualquier otro habitante del pueblo, supongo, ya que es el único amigo de la oveja negra del campamento —Flint Buckner— y el único hombre con quien habla Buckner o a quien permite que le hable. Dice conocer la historia de Flint y que son las vicisitudes de la vida las que lo han hecho así y que debiéramos ser con él todo lo caritativos que sea posible. Sólo un corazón muy grande podría dar cabida a un inquilino como Flint Buckner, a juzgar por todo lo que oigo decir de él. Creo que este solo detalle te dará una idea mejor del carácter de Sammy que cualquier meticulosa descripción que yo pudiera hacerte de él. En una de nuestras conversaciones, Sammy dijo al respecto algo así como esto: «Flint es pariente mío y me confía todas sus preocupaciones; desahoga su pecho de tanto en tanto, ya que, en caso contrario, estallaría. Difícilmente podría concebirse un hombre más infortunado, Archy Stillman; su vida ha sido una sucesión de sufrimientos espirituales. No es, ni con mucho, tan viejo como parece. Ha perdido la sensación del reposo y la paz... ¡Oh, sí! ¡Hace muchos años! Ignora qué es la buena suerte; nunca la ha tenido. A menudo, dice que preferiría estar en el otro infierno, tan cansado está de Este».

Capítulo IV

«Ningún caballero auténtico dirá la verdad desnuda en presencia de damas».

Era una refrescante y áspera mañana de principios de octubre. Las lilas y los laburnos, incendiados por los fuegos del otoño, pendían ardiendo y centelleando en el aire, mágico puente brindado por la bondadosa naturaleza para los alados y salvajes seres que tenían sus hogares en las copas de los árboles y se visitaban los unos a los otros; los abedules y los granados proyectaban sus llamaradas purpúreas y amarillas en brillantes y anchas salpicaduras a lo largo de la sesgada extensión del bosque, la sensual fragancia de innumerables y caedizas flores se erguía en la desfalleciente atmósfera, allá lejos, en el cielo vacío, un solitario esófago dormía sobre un ala inmóvil y dondequiera reinaban el silencio, la serenidad y la paz de Dios.

La época, octubre de 1900; el lugar, Hope Cañón, un campamento de minas de plata situado en la zona de Esmeralda. Se trata de un sitio apartado, alto y lejano, de hallazgo reciente, que sus ocupantes suponían rico en metal: un año o dos de búsquedas resolverán el asunto en un sentido o en otro. Los habitantes del campamento son unos doscientos mineros, una mujer blanca y un niño, varios lavanderos chinos, cinco indias y una docena de indios vagabundos ataviados con pieles de conejos, estropeadas chisteras y collares de latón. Por ahora, no hay fábricas, ni iglesias, ni periódico. El campamento sólo ha existido durante dos años. No ha causado mayor impresión: el mundo ignora su nombre y emplazamiento.

A ambos lados del cañón se alzan las montañas a manera de muros, hasta mil metros de altura, y la larga espiral de cabañas dispersas de su angosto fondo sólo recibe un beso del sol una vez por día, cuando Este pasa flotando sobre ellas a mediodía. El pueblo es de un par de kilómetros de largo: las cabañas están bien separadas la una de la otra. La taberna es la única casa «de madera»; la única casa, mejor dicho. Ocupa una posición central y es el lugar de recreo nocturno de la población. Allí, Esta bebe y juega a los naipes y al dominó y también al billar, porque hay una mesa, acribillada de desgarrones reparados con esparadrapo, algunos tacos, pero sin cuero en las puntas, unas bolas picadas que repiquetean al correr y no disminuyen de velocidad gradualmente, sino que se detienen y atascan de pronto, parte de un cubo de tiza, con un diente de pedernal que sobresale; y el hombre que puede marcar seis de un solo tiro, bebe a expensas de la casa.

La cabaña de Flint Buckner era la última del pueblo, contando desde el Sur; su pertenencia de plata se hallaba en el otro extremo del pueblo, hacia el Norte y un poco más allá de la última cabaña orientada en esa dirección. Era un ser agriado, insociable y sin amigos. La gente que tratara de trabar relación con él se había arrepentido, abandonándolo. Su historia no era conocida.

Algunos creían que Sammy Hillyer la

sabía; otros decían que no. Si se le preguntaba, Hillyer afirmaba no conocerla. Flint tenía consigo a un dócil joven inglés de dieciséis o diecisiete años, a quien trataba con aspereza, tanto en público como en privado; y, desde luego, la gente se dirigía a él en busca de información, pero sin éxito. Fetlock Jones —nombre del joven— decía que Flint lo había recogido en uno de sus viajes de exploración, y que como no tenía en los Estados Unidos hogar ni amigos, le había parecido conveniente quedarse y soportar el rudo trato de Buckner a cambio del sueldo, que consistía en jamón y habas. No pudo ofrecer más testimonio que Este.

Fetlock padecía ya esta esclavitud desde hacía un mes, y bajo la mansedumbre de su apariencia se estaba consumiendo con los insultos y humillaciones que su amo acumulaba sobre él. Porque los mansos sufren intensamente estas heridas; más intensamente, quizá, que los más viriles, que pueden estallar y obtener alivio con palabras o golpes cuando se ha llegado al límite de la resistencia. La gente de buen corazón quería sacar de apuros a Fetlock y trataba de ayudarle a abandonar a Buckner; pero el joven mostraba temor ante esta idea y afirmaba que «no se atrevía». Pat Riley lo incitaba y decía:

—Deje a ese maldito avaro y venga conmigo; no tema. Yo me encargaré de él.

El joven le agradeció con lágrimas en los ojos, pero se estremeció y dijo que «no se atrevía a arriesgarse», que Flint lo atraparía alguna vez solo de noche y que entonces...

—Oh... el pensarlo me enferma, señor Riley.

Otros le dijeron:

—Huya de él; nosotros lo protegeremos; huya a la costa alguna noche.

Pero todas estas insinuaciones fracasaron: Fetlock dijo que Flint le daría caza y se lo llevaría de regreso, por mera maldad.

La gente no pudo comprender esto. Las penurias del niño proseguían firmemente, semana tras semana. Probablemente, la gente habría comprendido de saber cómo usaba Fetlock su tiempo libre. El joven dormía en un pabellón próximo a la cabaña de Flint; y allí, de noche, se curaba sus magulladuras y humillaciones y estudiaba repetidas veces un solo problema: la manera de matar a Flint Buckner sin ser descubierto. Esta era la única alegría que tenía en la vida; estas horas eran las únicas de las veinticuatro del día que esperaba con ansiedad e invertía en ser feliz.

Pensó en el veneno. No; esto no serviría. La investigación revelaría dónde se había obtenido Este y quién lo había obtenido. Pensó en un tiro por la espalda en un lugar solitario cuando Flint volviera a su casa a medianoche... su hora invariable para el viaje. No... Quizá estuviese alguien cerca y lo sorprendiera. Pensó en apuñalarlo mientras dormía. No; quizá le asestara un golpe ineficaz y Flint lo aferraría entonces. Examinó cien procedimientos distintos, pero ninguno le servía porque hasta el más oscuro y secreto de ellos tenía siempre el defecto fatal de un riesgo, de una probabilidad, de una posibilidad de ser descubierto. No quería aceptar tal cosa.

Pero Fetlock era paciente, infinitamente paciente. No había prisa, se dijo.

Sólo abandonaría a Flint cuando Este fuera un cadáver; no había apuro; ya hallaría el medio.

El medio debía existir en alguna parte y soportaría la vergüenza y el dolor hasta descubrirlo. Sí. En alguna parte existía la manera de matar que no dejaría rastros, ni siquiera el más tenue indicio capaz de delatar al asesino. No había apuro. Él encontraría ese procedimiento y entonces... ¡Oh, entonces daría gusto vivir! Mientras tanto, confirmaría activamente su reputación de mansedumbre; y asimismo, como ocurriera siempre hasta entonces, nadie le oiría una sola palabra rencorosa u ofensiva contra su opresor.

Dos días antes de la mañana de octubre ya mencionada, Flint había comprado algunas cosas y él y Fetlock las había traído a la cabaña de Flint: una caja de velas frescas, que pusieron en el rincón; una lata de pólvora para voladuras, que dejaron sobre la caja de velas; un barrilito de pólvora para voladuras, que colocaron debajo de la cama de Flint, y un enorme rollo de mechas, que colgaron de una clavija. Fetlock calculó que las operaciones mineras de Flint habían superado la etapa del pico y que ahora empezarían las voladuras. Había visto cómo se hacían Estas y tenía una idea del proceso, pero jamás había ayudado en él. Su conjetura era exacta: había llegado el momento de las voladuras. Por la mañana, la pareja trajo mechas, barrenos y la lata de pólvora a la mina; Esta tenía ahora tres metros de profundidad y para bajar a ella y salir se usaba una corta escalerita. Descendieron, y obedeciendo a la orden, Fetlock sostuvo el barreno —sin instrucción alguna sobre la manera correcta de sostenerlo— y Flint empezó a golpear. La mandarria bajó y el barreno saltó de la mano de Fetlock en forma casi natural.

—Sarnoso hijo de negro... ¿es esa la manera de sostener un barreno? ¡Levántalo! ¡Páralo! Eso es... ten fuerte. ¡Tenlo! ¡Yo te enseñaré! Al cabo de una hora quedó terminado el barrenamiento.

—Ahora, cárgalo.

El joven empezó a echar la pólvora.

—¡Imbécil! Un fuerte golpe en la mandíbula lo derribó exánime.

—¡Levántate! No puedes quedarte lloriqueando ahí. Bueno, ajusta la mecha primero. Ahora pon la pólvora. ¡Aguántate, aguántate! ¿Vas a llenar todo el agujero hasta los bordes? De todos los maricas estúpidos que he visto... ¡Mete un poco de tierra! ¡Agrega algo de grava! Apisónalo. ¡Firme, firme! ¡Oh santo Dios! ¡Apártate! Flint le arrancó el hierro y apisonó él mismo la carga, maldiciendo y blasfemando en el ínterin como un demonio. Luego encendió la mecha, trepó afuera de la mina y se alejó corriendo a cincuenta metros, seguido por Fetlock. Después se quedó esperando durante unos minutos y una gran masa de humo y rocas estalló y saltó a gran altura, con estruendosa explosión. A poco, hubo una lluvia de piedras que caían; después, todo quedó en calma de nuevo.

—¡Ojalá estuvieras ahí! —observó el amo.

Bajaron a la mina, la limpiaron, barrenaron otro agujero y pusieron otra carga.

—¡Cuidado! ¿Cuánta mecha te propones gastar? ¿Sabes cómo regular una mecha?

—No, señor.

—¡No lo sabes! ¡Pues eres el colmo!

Flint trepó afuera de la mina y dijo:

—Vamos, estúpido... ¿Vas a quedarte ahí todo el día? ¡Corta la mecha y enciéndela!

El tembloroso joven empezó:

—Si me permite, señor, yo...

—¿Te atreves a replicarme? ¡Corta y enciéndela!

El joven cortó la mecha y la encendió.

—¡Santo Dios! ¡Una mecha de un minuto! ¡Ojalá estuvieses allí! Presa de ira, sacó la escalera de la mina y echó a correr. El joven quedó espantado.

—¡Oh Dios mío! ¡Socorro! ¡Socorro! ¡Oh, sálveme! —suplicó—. ¡Oh! ¿Qué puedo hacer? ¿Qué puedo hacer? Se recostó contra la pared lo mejor posible. La llameante mecha lo aterraba, ahogaba la voz en su garganta. Se quedó mirando, impotente. Dos, tres, cuatro segundos más y volaría hacia el cielo hecho pedazos. Entonces tuvo una inspiración. Saltó hacia la mecha, arrancó la pulgada de mecha que sobresalía por encima de la tierra y se salvó.

Se desplomó como una masa inerte, sin vida casi, de miedo, sin fuerzas; pero murmuró con honda alegría:

—¡Él me lo ha enseñado! Yo sabía que existía un medio, con tal de esperar.

Después de unos cinco minutos, Buckner se dirigió furtivamente hacia la mina con aire inquieto y desasosegado y atisbo hacia abajo. Se hizo cargo de la situación: vio qué había ocurrido. Bajó la escalera y el joven subió débilmente por ella. Estaba muy pálido. Su aspecto agregó algo a la sensación de malestar de Buckner y Este dijo, con una expresión de pesar y simpatía que resultaba artificial en él, por lo desusada:

—Fue un accidente, ¿comprendes? No le hables del asunto a nadie; yo estaba excitado y no sabía qué estaba haciendo. No tienes buen aspecto, has trabajado bastante por hoy; baja a la cabaña y come lo que quieras y descansa. Ha sido un accidente, ¿comprendes? Un accidente debido a mi excitación.

—Eso me asustó —dijo el joven, mientras se alejaba—. Pero he aprendido algo, de modo que no me importa.

—¡Es muy fácil de complacer! —murmuró Buckner, siguiéndolo con los ojos—. Me pregunto si lo dirá... ¿Lo diría? Ojalá eso lo hubiese matado.

El niño no aprovechó su asueto descansando: lo empleó trabajando, dedicándose a un trabajo ansioso, febril y feliz. Una densa maleza de chaparral se extendía pendiente abajo hasta la cabaña de Flint; la mayor parte del trabajo de Fetlock se hizo en las oscuras sinuosidades de aquella tenaz maleza. El resto fue ejecutado en su propia casucha. Finalmente, todo quedó terminado, y el joven se dijo:

—Si Flint tiene alguna sospecha de que lo delataré, no la conservará durante mucho tiempo mañana. Ya verá que sigo siendo el mismo estúpido de siempre... durante todo ese día y el siguiente. Y pasado mañana por la noche todo habrá terminado para él; nadie adivinará siquiera quién lo eliminó o cómo sucedió esto. Él mismo me inspiró la idea y eso es lo curioso.

78

Capítulo V

El día siguiente llegó y se fue.

Es ya casi la medianoche y dentro de cinco minutos habrá empezado la nueva mañana. La escena transcurre en la sala de billares de la taberna. Unos hombres toscos de tosca indumentaria, de sombreros de alas gachas, de polainas metidas en las botas, algunos de ellos con chalecos, ninguno con levita, están agrupados en torno de la estufa de acero, que tiene rubicundos carrillos y distribuye un grato calor. Las bolas de billar repiquetean y no se percibe otro sonido... esto es dentro; el viento gime a ratos afuera. Los hombres tienen un aire aburrido y expectante. Un corpulento minero de anchos hombros y mediana edad, de grises patillas y huraños ojos insertados en un rostro insociable, se pone de pie, se mete un rollo de mechas bajo el brazo, junta varios otros objetos de uso personal y se marcha sin pronunciar una sola palabra ni despedirse de nadie. Es Flint Buckner. Al cerrarse la puerta en pos de él estalla un zumbido de conversaciones.

—El hombre más regular que haya existido —dijo Jake Parker, el herrero—. Se sabe que son las doce cuando ha salido, sin necesidad de consultar nuestro Waterbury.

—Y es su única virtud, que yo sepa —dijo Peter Hawes, el minero.

—Es una plaga en este ambiente —dijo el hombre de Wells-Fargo, Ferguson—. Si yo fuese el dueño de esta taberna, le obligaría a decir algo, en tal o cual oportunidad, o a abandonar estos parajes.

Y, al decir esto, miró con aire insinuante al tabernero, que optó por simular que no lo notaba, ya que el hombre discutido era un buen cliente y volvía a su casa todas las noches bien saturado de bebidas servidas en su establecimiento.

—Oigan —dijo Ham Sandwich, un minero—. ¿Recuerda alguno que él lo haya invitado a beber?

—¿Él? ¿Flint Buckner? ¡Oh, vamos! Esta sarcástica réplica surgió como espontánea reacción general del grupo, en tal o cual forma verbal.

Después de un breve silencio, Pat Riley, el minero dijo:

—Ese tunante es un enigma. Y su chico, otro. No los entiendo.

—Ni tú ni nadie —dijo Ham Sandwich—. Y si ellos son enigmas... ¿cómo clasificarías a ese otro? Cuando se trata de misterio sólido y macizo, los supera. ¿Verdad?

—¿Qué duda cabe? Todos asintieron. Todos menos uno, el recién llegado: Peterson. Este encargó una vuelta de bebidas para todos y preguntó quién era el número 3.

Todos respondieron de inmediato.

—¡Archy Stillman!

—¿Es un enigma? —preguntó Peterson.

—¿Qué si lo es? ¿Que si Archy Stillman es un enigma? —dijo el hombre de Wells-Fargo, Ferguson—. La cuarta dimensión es una bagatela comparada con él.

Peterson quiso enterarse de todo lo relativo a Stillman: todos quisieron decírselo y empezaron a hablar a un tiempo. Pero Billy Stevens, el tabernero, reclamó orden a la concurrencia y dijo que era mejor hablar uno a uno.

Repartió las bebidas y le dijo a Ferguson que empezara. Ferguson dijo:

—Pues bien: se trata de un muchacho. Y eso es casi todo lo que sabemos de él. Uno puede sondearlo hasta cansarse: será inútil. Nada se conseguirá. Al menos en lo relativo a sus intenciones o negocios o al lugar de donde proviene y cosas parecidas. Y en cuanto concierne a la naturaleza y forma de su gran misterio principal, se limita a cambiar de tema y eso es todo. Uno puede pensar hasta ennegrecérsele la cara —es un derecho—, pero aunque lo haga... ¿Adónde llega? A ninguna parte, a lo que parece.

—¿Cuál es su cualidad fundamental?

—La vista, quizá. El oído, quizá. El instinto, quizá. La magia, quizá. Elija a su paladar. Y le diré qué es capaz de hacer. Uno puede marcharse y desaparecer, ocultarse donde se le antoje, no importa dónde o a qué distancia... y Stillman irá derechamente allí y lo señalará.

—Supongo que no hablará usted en serio.

—Sí que hablo en serio. El tiempo nada significa para él... ni la intemperie. Ni siquiera la nota.

—¡Oh, vamos! ¿La oscuridad? ¿La lluvia? ¿La nieve? —Tanto le da. Le importa un comino.

—Vamos, vamos... ¿Incluye usted la niebla, quizá?

—¡La niebla! Tiene una vista capaz de perforarla como una bala.

—Vamos, muchachos... Con franqueza... ¿Qué quiere hacerme creer Este?

—¡Es así! —gritaron todos—. Sigue, Wells-Fargo.

—Pues, señor... Uno puede dejarlo aquí charlando con los muchachos e ir furtivamente a cualquier cabaña de este campamento y abrir un libro —sí, señor, una docena de libros— y anotarse una página en la memoria y él irá derechamente a esa cabaña y abrirá cada uno de esos libros en la página exacta y nunca se equivocará.

—¡Debe ser el propio diablo!

—Más de uno lo ha pensado. Ahora le contaré algo maravilloso que ha hecho. La otra noche, Stillman... Súbitamente, hubo un gran rumor fuera, la puerta se abrió de par en par e irrumpió una excitada multitud encabezada por la única mujer blanca del campo, que gritaba:

—¡Mi hija! ¡Mi hija! ¡Se me ha perdido! ¡Por amor de Dios, ayúdenme a encontrar a Archy Stillman! ¡Hemos buscado por todas partes!

El tabernero dijo:

—Siéntese, señora Hogan. Siéntese y no se inquiete. Stillman pidió una cama hace tres horas, cansado de recorrer los caminos como de costumbre y subió al primer piso. Ham Sandwich, sube y despiértalo. Está en el número 14.

Stillman no tardó en bajar la escalera y en aprestarse. Le pidió detalles a la señora Hogan.

—Bendito sea; no los hay. Ojalá los hubiese. Acosté a la niña a las siete de la tarde y cuando subí hace una hora para acostarme yo misma, mi hijita había desaparecido. Corrí hacia su cabaña, querido, y no lo encontré y luego lo he buscado en todas las cabañas de la cañada y volví a subir, y ahora estoy llena de angustia y asustada y abatida. Pero, gracias a Dios, lo he encontrado a usted, finalmente, querido mío y usted encontrará a mi niña. ¡Venga! ¡Venga pronto!

—En marcha. Voy con usted, señora. Vamos primero a su cabaña.

Todo el grupo se precipitó afuera en tropel, para acompañarlos en la búsqueda. Toda la mitad sur del pueblo estaba de pie, integrada por un centenar de hombres y esperaba fuera, formando una vaga masa oscura salpicada de titilantes linternas. La masa formó grupos de tres y de cuatro para adaptarse al angosto camino y echó a andar con paso vivo a la zaga de los que encabezaban la marcha. A los pocos minutos se llegó a la cabaña de los Hogan.

—Esta es la camita donde dormía mi niña —dijo la señora Hogan—. Fue aquí donde la dejé a las siete. Pero sólo Dios sabe dónde está ahora.

—Alcánceme una linterna —dijo Archy y la dejó sobre el duro piso de tierra, arrodillándose a su lado y fingiendo examinar detenidamente el suelo —. Aquí está la huella —dijo tocando la tierra acá y allá y acullá—. ¿Ven? Varios de los mineros se hincaron de rodillas e hicieron lo posible por ver.

Uno o dos de ellos creyeron distinguir una huella, los otros menearon la cabeza y confesaron que sobre la lisa y dura superficie no había señales que sus ojos pudieran percibir. Uno de ellos declaró:

—Quizá pueda haberle dejado una huella el pie de un niño, pero no sé cómo.

El joven Stillman se adelantó, aproximó la luz al suelo, se volvió hacia la izquierda y avanzó tres pasos, examinando con detenimiento. Luego dijo:

—Tengo la dirección. Vengan. Que alguno lleve la linterna.

Avanzó con paso rápido hacia el Sur, mientras los demás lo seguían en fila, describiendo un zigzag de acuerdo con las profundas curvas del desfiladero. Así recorrieron un kilómetro; ante ellos se extendía la llanura de artemisias, oscura, vaga, y vasta. Stillman dijo que se detuvieran y manifestó:

—Ahora no debemos desviarnos, hay que volver al buen camino.

Tomó una linterna y examinó el terreno en una extensión de unos veinte metros: luego dijo:

—Vengan. Todo va bien.

Y devolvió la linterna. Empezó a caminar por entre las artemisias, durante un cuarto de kilómetro, desviándose gradualmente hacia la derecha; luego tomó una nueva dirección y describió otro gran semicírculo, volvió a desviarse y se encaminó directamente hacia el Oeste, avanzando cerca de medio kilómetro... y se detuvo.

—La pobrecita abandonó la lucha aquí. Tengan la linterna. Aquí puede verse dónde estuvo sentada.

Pero se trataba de una lisa superficie alcalina que parecía de acero y nadie se atrevió a jactarse de una vista capaz de descubrir un rastro levísimo bajo semejante apariencia. La acongojada madre cayó de rodillas y besó el sitio lamentándose.

Stillman describió un círculo en torno del sitio, con la linterna, simulando buscar huellas.

—Bueno —dijo luego, con tono fastidiado—. No lo entiendo.

Volvió a examinar la tierra y dijo:

—Es inútil. Ella estuvo aquí, eso es seguro. Nunca se alejó de aquí... también eso es seguro. Esto me resulta un enigma. No lo entiendo.

La madre entonces se descorazonó.

—¡Oh Dios mío! ¡Oh Virgen bendita! Se la ha llevado algún animal volador. ¡Jamás volveré a verla!

—Oh... No se desaliente —dijo Archy—, La encontraremos... no se desaliente.

—¡Dios lo bendiga por sus palabras, Archy Stillman! Y la madre se apoderó de la mano del joven y la besó fervorosamente.

Peterson, el recién llegado, murmuró sarcásticamente al oído de Ferguson:

—Maravillosa hazaña el haber llegado a este lugar... ¿verdad? Pero dudo de que haya valido la pena llegar tan lejos... Cualquier otro sitio falso habría sido lo mismo... ¿no le parece? A Ferguson no le gustó la indirecta. Y dijo, con cierta vehemencia:

—¿Pretende insinuar que la niña no ha estado aquí? ¡Yo le digo que ha estado! Si quiere verse en un atolladero tan...

—¡Magnífico! —canturreó Stillman—. ¡Vengan todos a mirar esto! Ha estado bajo nuestras narices desde hace tiempo sin que lo viéramos.

Hubo una embestida general hacia el sitio donde se afirmaba que había estado la criatura y muchos ojos trataron empeñosamente de ver el punto que señalaba el dedo de Archy. Hubo una pausa, luego, un numeroso suspiro de decepción. Pat Riley y Ham Sandwich dijeron a un tiempo:

—¿Dónde está eso, Archy? Nada vemos.

—¿Nada? ¿Llaman nada a eso? —y Stillman trazó un dibujo sobre la tierra con el dedo—. Ahí está... ¿No lo reconocen ahora? Es la huella del indio Billy. Él tiene la niña.

—¡Dios sea loado! —clamó la madre.

—Llévense la linterna. Tengo la dirección. ¡Síganme! Stillman echó a correr, penetrando entre las artemisias y saliendo de ellas durante un trayecto de unos trescientos metros, y desapareció más allá de un montículo de arena. Los demás lo siguieron trabajosamente, lo alcanzaron y vieron que Stillman los esperaba. A diez pasos de allí estaba una rústica choza india trenzada, un vago e informe refugio de harapos y viejas mantas de caballo, por entre cuyas grietas se filtraba una escasa luz.

—¡Vaya usted delante, señora Hogan! —dijo el muchacho—. Su privilegio es ser la primera.

Todos siguieron a la señora Hogan cuando Esta se precipitó hacia la choza y vieron, con ella, el cuadro que presentaba su interior. En el suelo estaba sentado el indio Billy; a su lado se hallaba dormida la niña. La madre la ciñó en un frenético abrazo que incluyó a Archy Stillman y por su rostro resbalaron lágrimas de gratitud, y con voz estrangulada y desgarrada derramó un dorado torrente de ese caudal de cariñosos epítetos que sólo se anida plenamente en un corazón irlandés.

—La encontré alrededor de las diez —explicó el indio Billy—. Estaba dormida por ahí, muy cansada, la cara húmeda. Supongo que habría estado llorando. Llévenla a casa y denle de comer; tiene mucha hambre. Y luego volverá a dormirse.

En su ilimitada gratitud, la madre feliz olvidó toda diferencia social y lo abrazó también, llamándolo el «ángel de Dios disfrazado». Y lo probable era que el indio Billy estuviese disfrazado, si desempeñaba realmente esa clase de funciones. Vestía de acuerdo con el personaje.

A la una y media de la mañana, la procesión irrumpió en el pueblo, cantando «Cuando Johnny vuelve a casa», agitando sus linternas y tragándose las bebidas que se sirvieron durante todo el trayecto. Se concentraron en la taberna e hicieron noche del resto de la mañana.

Capítulo VI

A la tarde siguiente, el pueblo fue electrizado por una noticia sensacional. Un grave y digno forastero, de distinguido porte y aspecto, había llegado a la taberna y asentado este formidable nombre en el registro: Sherlock Holmes.

La noticia se propagó zumbando de cabaña en cabaña, de pertenencia en pertenencia todos abandonaron sus herramientas y la población se lanzó como un enjambre hacia el lugar que concentraba su interés. Un hombre que pasaba por el extremo norte del pueblo le gritó la novedad a Pat Riley, cuya pertenencia era la contigua a la de Flint Buckner. Entonces, Fetlock Jones pareció sentirse mal.

Y murmuró:

—¡El tío Sherlock! ¡Qué mala suerte que haya llegado precisamente cuando...! —Quedó sumido en vagas ensoñaciones, y a poco se dijo—: Pero... ¿por qué he de temerle a él, precisamente a él? Todos los que lo conocen saben que no puede descubrir un crimen a menos que lo planee todo por anticipado y disponga las pistas y contrate a alguno para que lo cometa de acuerdo con sus instrucciones... Pero esta vez no habrá pistas... de modo que... ¿tendrá acaso una oportunidad? Nada de eso. No, señor. Todo está pronto. Si yo me arriesgara a postergarlo... No. No correré semejante riesgo. Flint Buckner se irá del mundo esta misma noche, con toda seguridad.

Luego se le presentó otra duda a su espíritu.

—El tío Sherlock querrá hablar conmigo esta noche sobre asuntos de familia y... ¿cómo podré desembarazarme de él? Porque necesito estar en mi cabaña un par de minutos, alrededor de las ocho.

La idea era desagradable y le hizo cavilar mucho. Pero encontró una manera de vencer la dificultad.

—Iremos a dar un paseo y yo lo abandonaré por un momento en la carretera, para que no vea qué hago; de todos modos, la mejor manera de despistar a un detective es tenerlo cerca cuando uno prepara el golpe. Sí, eso es lo más seguro. Lo llevaré conmigo.

Mientras tanto, la carretera, frente a la taberna, estaba bloqueada por la gente del pueblo que esperaba al gran hombre y confiaba en verlo, al menos fugazmente.

Pero Este seguía encerrado en su aposento y no salía. Ni Ferguson, ni Jake Parker, el herrero, ni Ham Sandwich tuvieron suerte. Estos entusiastas admiradores del gran detective científico alquilaron el cuarto de la taberna que se destinaba al equipaje retenido, que estaba separado del aposento del detective por un pequeño pasadizo de tres o cuatro metros de ancho, se pusieron al acecho allí y perforaron unos atisbaderos en el postigo de la ventana. Los postigos del señor Holmes estaban bajos; pero, poco después, los alzó. Esto les proporcionó a los espías la espeluznante pero placentera emoción de encontrarse cara a cara con el hombre extraordinario que llenara al mundo con la fama de sus sobrehumanas ingeniosidades.

Ahí lo tenían sentado... No era un mito, ni una sombra, sino un ser real, vivo, macizo y casi al alcance de la mano.

—¡Mírenlo! —dijo Ferguson, con tono respetuoso—. ¡Esa sí que es una cabeza, vive Dios!

—¡Qué duda cabe! —dijo el herrero, con profundo respeto—. ¡Miren su nariz! ¡Miren sus ojos! ¿Inteligencia? ¡Eso es una batería de inteligencia!

—¡Y esa palidez! —dijo Ham Sandwich— proviene del pensamiento... Sí... De ahí viene. Los incautos como nosotros no sabemos qué es pensar de veras.

—Claro —dijo Ferguson—. Lo que tomamos por pensamiento, son simplemente gimoteos y sentimentalismo.

—Tienes razón, Wells-Fargo. Y mira

ese ceño fruncido... Eso sí que es pensar a fondo... Bien a fondo, cuarenta yardas en las entrañas de las cosas.

Ese hombre está sobre el rastro de algo.

—Sí que lo está y no lo olviden. Miren esa terrible gravedad... miren esa pálida solemnidad... No hay cadáver que pueda superarla.

—No, señor... ¡De ningún modo! Y eso, por derecho hereditario. Ha estado muerto cuatro veces ya y eso tiene su historia. Tres veces de muerte natural, una por accidente. He oído decir que huele a humedad y a frío como una tumba. Y él...

—¡Ssst! ¡Míralo!... Tiene el pulgar sobre la protuberancia del costado de la frente y el índice sobre el otro costado. Su máquina de pensar está ahora funcionando, puedes apostarte la camisa.

—Así es. Y ahora mira el cielo y se acaricia lentamente el bigote y... —Ahora se ha puesto de pie y está contando las pistas sobre los dedos de la mano izquierda con un dedo de la derecha. ¿Ven? Toca el índice... ahora el dedo medio... luego el anular...

—¡Se detiene!

—¡Mírenlo fruncir el ceño! Parece que no logra comprender esa pista. De modo que...

—¡Mírenlo sonreír! Como un tigre... ¡Y contar los demás dedos como si tal cosa! ¡Ya lo tiene, muchachos, lo tiene con seguridad!

—¡Ya lo creo! No me gustaría estar en el lugar del hombre a quien persigue.

El señor Holmes arrimó una mesa a la ventana, se sentó de espaldas a los espías y se puso a escribir. Los espías retiraron los ojos de los atisbaderos, encendieron sus pipas y se acomodaron para fumar y charlar cómodamente.

Ferguson dijo, con aire de convicción:

—¡Muchachos, es inútil hablar, ese hombre es una maravilla! Todo lo revela en él.

—Nunca dijiste cosa más cierta, Wells-Fargo —dijo Jake Parker—. ¿Supones que las cosas habrían cambiado si hubiese estado aquí anoche?

—¡Oh! ¡Ya lo creo! —dijo Ferguson—. Habríamos visto trabajo científico. Inteligencia... mera inteligencia... algo que está muy arriba... ¿comprenden? Archy me parece muy bien y nadie debe menospreciarlo, se lo aseguro a ustedes. Pero su don no es más que buena vista, vista penetrante como la de un búho, aparentemente un gran talento natural animal, ni más ni menos, y magnífico tal como se presenta, pero sin inteligencia alguna; y en cuanto a grandeza y maravilla, no podría compararse con esto, como si se tratase de... Bueno. Les diré qué habría hecho él. Se hubiera acercado al hogar de los Hogan y habría echado una ojeada —una ojeada nada más— sobre la propiedad y eso habría bastado. ¿Para verlo todo? Sí, señor, hasta el último detalle. Y sabría más sobre la casa que los mismos Hogan en siete años. Luego se habría sentado sobre la camita con toda tranquilidad y le hubiera dicho a la señora Hogan... Mira, Ham... Imagínate que eres la señora Hogan. Yo te haré las preguntas; contéstamelas tú.

—Perfectamente. Adelante.

—Señora, le ruego un poco de atención... No deje vagar sus pensamientos. Y bien... ¿Sexo de la criatura?

—Femenina, su señoría.

—Hum... Femenina. Muy bien, muy bien. ¿Edad? —Acaba de cumplir los seis, su señoría.

—Hum... Joven, débil... tres kilómetros. La fatiga la vencerá, entonces.

Se desplomará en tierra y dormirá. La encontraremos a tres kilómetros de distancia o más cerca. ¿Dientes? —Cinco, su señoría, y otro en camino.

—Muy bien, muy bien, muy bien, a decir verdad. «Ya lo ven, muchachos, él reconoce una pista al verla, cuando Esta no tendría importancia para otro». ¿Medias, señora? ¿Zapatos?

—Sí, su señoría... Ambas cosas.

—¿Hilo, quizá? ¿Marroquí?

—Hilo, su señoría. Y becerro.

—Hum... Becerro. Esto complica el asunto. Pero dejemos el tema... Ya saldremos del paso. ¿Religión?

—Católica, su señoría.

—Muy bien. Arránqueme un trocito de la manta de esa cama, por favor. Ah... Gracias. En parte, es lana... hechura extranjera. Muy bien. Un trocito de alguna prenda de la niña, por favor. Gracias. Algodón. Revela desgaste. Excelente pista, excelente. Alcánceme un poco de tierra del piso, si me hace el favor. Gracias, muchas gracias. ¡Ah, admirable, admirable! Ahora, creo saber dónde estamos. «Ya lo ven, muchachos. Ya tiene todas las pistas que necesita. No le hace falta más». Y

bien... ¿Qué hace ahora ese hombre extraordinario? Pone esos trocitos y esa tierra
sobre la mesa y se inclina sobre ellos,
acodándose, y los estudia... y murmura
para sí: «Femenino»... Los cambia de sitio... y murmura: «Seis años de edad»...
Los cambia otra vez y otra más... y vuelve a murmurar: «Cinco dientes... y otro
en camino... católica... hilo... algodón... becerro... maldito sea ese becerro». Luego se
yergue y mira el cielo y se pasa las manos
por entre el cabello... una y otra vez,
murmurando: «¡Maldito sea ese becerro!».
Luego se levanta, frunce el ceño y co-
mienza a contar sus pistas con los dedos...
y se atasca en el anular. Pero apenas si ha
transcurrido un minuto... y su rostro es
iluminado por una sonrisa como una casa
en llamas y se incorpora majestuosamente
y le dice a la gente: «Tomen dos de uste-

des una linterna y vayan a casa del indio Billy y traigan a la niña... y los demás, váyanse a casa a dormir. Buenas noches, señora. Buenas noches, amigos». Y se inclina como el Matterhorn y se encamina a la taberna. Ese es su estilo... y el único... científico, intelectual... todo listo en quince minutos... ¡nada de estar hurgando entre las artemisias durante hora y media ante un montón de gente, muchachos! ¿Me entienden?

—¡Esto es magnífico, por cierto! —dijo Ham Sandwich—, Wells-Fargo; lo has pintado espléndidamente. Ni en los libros resulta más parecido a la realidad. Por Dios que me parece estarlo viendo... ¿verdad, muchachos?

—¡Ya lo creo! Es simplemente una fotografía.

Ferguson se sentía muy satisfecho de

su éxito y agradecido. Se quedó sentado en silencio disfrutando de su dicha durante unos instantes y luego murmuró, con reverente acento:

—¿Lo habrá hecho Dios?

Durante un momento no hubo respuesta. Luego, Ham Sandwich dijo, con tono respetuoso:

—Pero no todo de una vez, supongo.

Capítulo VII

Esa noche, a las ocho, dos personas, tanteando el camino, pasaron junto a la cabaña de Flint Buckner en la fría tiniebla. Esas dos personas eran Sherlock Holmes y su sobrino.

—Espere un momento aquí, en la carretera, tío, mientras hago una escapada a mi cabaña —dijo Fetlock—. Volveré dentro de un minuto.

Pidió algo, su tío se lo proporcionó y desapareció luego en la oscuridad, pero no tardó en volver y la caminata-conversación se reanudó. A las nueve, ambos habían vuelto a la taberna. Atravesaron el salón de billares, donde se había congregado una multitud con la esperanza de ver, siquiera fugazmente, al hombre extraordinario. Se le aclamó de un modo digno de un rey. El señor Holmes acusó recibo del cumplido de una serie de corteses saludos y cuando ya salía, su sobrino le dijo a la concurrencia:

—El tío Sherlock tiene algún trabajo que hacer, caballeros, lo cual lo retendrá hasta las doce o la una; pero luego bajará —o antes si puede— y confía en que habrán quedado algunos de ustedes para beber un trago con él.

—¡Es todo un duque, muchachos! ¡Tres vítores por Sherlock Holmes, el más grande de los hombres que hayan vivido nunca! —gritó Ferguson—. Hip, hip, hip.

—¡Hurra! ¡Hurra! ¡Hurra! ¡Viva!

El alboroto conmovió el edificio, tan sincera fue la emoción que volcaron los muchachos en su acogida. Ya en el primer piso, el tío le hizo un leve reproche al sobrino, diciendo:

—¿Para qué me has concertado ese compromiso?

—Supongo que no querrás ser impopular... ¿verdad, tío? Si es así, no te muestres retraído y altanero en un campamento de mineros. Los muchachos te admiran; pero si te marcharas sin beber un trago con ellos, te considerarían un engreído. Y, además, dijiste que tenías sobrada conversación sobre asuntos de familia para quedarnos levantados y charlando hasta mediada la noche.

El joven tenía razón y buen criterio; su tío lo reconoció. Buen criterio en otro detalle que sólo se mencionó a sí mismo:

«El tío y los demás serán útiles... para crear una coartada inconmovible».

Fetlock y su tío conversaron sin interrupción durante tres horas. Luego, alrededor de la medianoche, Fetlock bajó y se apostó en la sombra a doce pasos de la taberna y esperó. Cinco minutos después, Flint Buckner salió balanceándose del salón de billares y poco le faltó para rozarlo al pasar.

—¡Lo tengo! —murmuró el joven y continuó para sí, siguiendo con los ojos el contorno de Flint en la oscuridad—. Adiós... adiós para siempre, Flint Buckner... Tú llamaste a mi madre una... Pero eso no importa. Tanto da, ahora. Este es tu último paseo, amigo.

Volvió, meditando, a la taberna.

—Desde ahora hasta la una falta una hora. La pasaremos con los muchachos, conviene para la coartada.

Llevó a Sherlock Holmes al salón de billares, atestado de ansiosos y admirativos mineros. El huésped pidió las bebidas y empezó la parranda.

Todos se sentían contentos y obsequiosos: el hielo quedó roto muy pronto, hubo canciones, anécdotas y más bebidas y los grávidos minutos transcurrieron volando. Cuando faltaban seis minutos para la una y la algazara estaba en su apogeo... ¡Boom! De inmediato, reinó el silencio. El sordo fragor repercutió trepidando de extremo a extremo del desfiladero, luego se extinguió y cesó. Entonces se rompió el encanto y los mineros se precipitaron hacia la puerta, diciendo:

—¡Algo ha estallado!

Fuera, una voz dijo en la oscuridad:

—Eso ha ocurrido en el otro extremo del desfiladero; vi el fulgor.

La multitud se precipitó cañón abajo; Holmes, Fetlock, Archy Stillman, todos. Recorrieron el kilómetro en pocos minutos. A la luz de una linterna, hallaron el liso y compacto suelo de tierra de la cabaña de Flint Buckner; de la propia cabaña no quedaba un solo vestigio, ni un trapo ni una astilla.

Tampoco se veía huella alguna de Flint. Los grupos de exploración empezaron a buscar aquí y allá y acullá, y a poco se oyó un grito:

—¡Aquí está! Así era. Lo habían encontrado cincuenta metros barranca abajo...; mejor dicho, habían encontrado una masa humana aplastada y sin vida que lo representaba. Fetlock Jones se apresuró a acercarse allí con los demás y miró.

La indignación fue cosa de quince minutos. Ham Sandwich, presidente del jurado, dio el veredicto, expresado con cierta negligente gracia literaria y que terminaba con este hallazgo: que «el difunto murió por su propia mano o la de otra u otras personas desconocidas a este jurado, no habiendo dejado familia alguna o bienes similares, fuera de su cabaña que ha sido volada, y Dios se apiade de su alma, amén».

Luego, el impaciente jurado volvió a reunirse con el grueso de la multitud, ya que el pináculo del interés —Sherlock Holmes— estaba allí. Los mineros permanecían silenciosos y reverentes en semicírculo, rodeando un gran claro donde afloraba la parte delantera del solar donde estuviera el edificio. En aquel vasto espacio se movía el hombre extraordinario, acompañado por su sobrino, que llevaba una linterna. Con una cinta métrica tomó las medidas del solar de la cabaña, la de la distancia que mediaba entre la pared del chaparral hasta la carretera, la de la altura de los arbustos del chaparral, como también hizo otras mediciones. Recogió diversas cosas, aquí un trapo, allá una astilla, más allá una pulgarada de tierra, las inspeccionó meticulosamente y las guardó. Calculó la «dirección» del paraje con una brújula de bolsillo, descontando dos segundos por la variación magnética. Calculó el tiempo (Pacífico) con su reloj, corrigiéndolo de acuerdo con el tiempo local. Recorrió la distancia existente desde el emplazamiento de la cabaña hasta el cadáver y la corrió en cuanto a la diferenciación periódica. Tomó la altitud con un aneroide de bolsillo y la temperatura con un termómetro de bolsillo.

Finalmente dijo, inclinándose majestuosamente:

—He terminado. ¿Volvemos, caballeros? Se encaminó hacia la taberna y la multitud lo siguió, discutiendo seriamente y admirando al hombre extraordinario y mechando pensamientos sobre el origen de la tragedia y su posible autor.

—¡Qué suerte tenerlo aquí! ¿Verdad, muchachos? —dijo Ferguson.

—Esto será el acontecimiento del siglo —dijo Ham Sandwich—. Dará la vuelta al mundo, recuerden mis palabras.

—¡No lo duden! —dijo Jake Parker, el herrero—. Eso dará gran impulso al campamento. ¿Verdad, Wells-Fargo?

—Bueno. Si quieren mi opinión, puedo decirles esto: ayer, yo podía disponer de la pertenencia del Flux de Corazones[1] a dos dólares el pie; hoy me gustaría ver al hombre capaz de obtenerla por dieciséis.

—¡Tienes razón, Wells-Fargo! Es la suerte más grande que haya tenido nunca un campamento nuevo. Oye... ¿Le viste juntar esos trapitos y la tierra y lo demás? ¡Qué vista! No se le escapa una sola pista... No podría escapársele.

—Así es. Y esas cosas nada significarían para otro, pero para él son simple-

---

[1] El Flux de Corazones es un término que se refiere al flujo sanguíneo a través del corazón, es decir, la cantidad de sangre que es bombeada por este órgano vital en un período de tiempo determinado.

mente un libro... y un gran libro, por cierto.

—¡Claro! Esas cosas sueltas tienen su secretillo y suponen que nadie podrá extraérselo. Pero he aquí que, cuando él les echa mano, tienen que cantar y no lo olviden ustedes.

—Muchachos, ahora no lamento que él no haya estado aquí para encontrar a la niña. Aquí se trata de algo grande y con mucho. Sí, señor. Y de algo más enredado y científico e intelectual.

—Supongo que a todos nos alegra que las cosas hayan tomado este giro. ¿Nos alegra? ¡Hombre, más aún! Archy pudo haber aprendido algo de haber tenido el buen tino de quedarse mirando y viendo trabajar a este hombre. Pero, no; se fue a hurgar en el chaparral, perdiéndose todo eso.

—Eso es cierto como el Evangelio; lo he visto con mis propios ojos. Bueno, Archy es joven. Ya aprenderá.

—Díganme, muchachos... ¿Quién habrá hecho esto, según ustedes? El asunto era difícil y suscitaba un mundo de conjeturas insatisfactorias.

Diversos hombres fueron mencionados como posibilidades, pero se los descartó uno por uno como inaceptables. Nadie, con la sola excepción del joven Hillger, había tenido intimidad con Flint Buckner; nadie había tenido una verdadera riña con él. Flint había agraviado a todos los hombres que se le acercaran, pero no lo bastante para que ello exigiera un derramamiento de sangre. Había un nombre que asomó a todas las lenguas desde el primer momento, pero que fue el último en pronunciarse, el de Fetlock Jones. Fue Pat Riley quien lo mencionó.

—Oh —dijeron los muchachos—. Desde luego, todos hemos pensado en él, porque tenía un millón de motivos para matar a Flint Buckner y era simplemente su deber hacerlo. Pero, de todos modos, hay dos obstáculos insuperables: el primero, que no tiene el coraje necesario, y el segundo, que no estuvo cerca del lugar del crimen al ocurrir Este.

—Lo sé —dijo Pat—. Estaba con nosotros en el salón de billares cuando eso ocurrió.

—Sí; y estuvo allí durante una hora antes del hecho.

—Así es. Y tiene suerte de que así haya sido. Habría sido sospechoso de inmediato, en caso contrario.

Capítulo VIII

El comedor de la taberna había sido despejado de todos sus muebles, salvo una mesa de pino de dos metros y una silla. Esta mesa se encontraba en un extremo de la habitación y la silla sobre ella; Sherlock Holmes, majestuoso, solemne, impresionante, estaba sentado en la silla. El público se hallaba de pie. La habitación estaba atestada. El humo del tabaco era denso, el silencio profundo.

El hombre extraordinario alzó la mano para imponer un nuevo silencio, la sostuvo en el aire durante varios minutos y luego, con palabras breves y estimulantes, formuló pregunta tras pregunta y anotó las respuestas con sendos «hums», gestos de asentimiento, etc. Con este procedimiento, se enteró de todo lo relativo a Flint Buckner, su carácter, conducta y hábitos; de todo lo que la gente pudo decirle. Se supo así que el sobrino del hombre extraordinario era la única persona del campamento que albergaba contra Flint Buckner un rencor capaz de llevarlo al crimen. El señor Holmes sonrió compasivamente ante el testimonio y preguntó con tono lánguido:

—¿Sabe por casualidad alguno de ustedes, caballeros, dónde estaba el joven Fetlock Jones en el momento de la explosión?

La respuesta fue atronadora.

—¡En el salón de billares de esta casa!

—Ajá... ¿Y acababa de entrar allí?

—¡Estaba desde hacía una hora!

—Ajá... ¿Qué... qué distancia, poco más o menos, media entre la taberna y el lugar de la explosión?

—¡Todo un kilómetro!

—Ajá... La coartada no es gran cosa, pero...

Una tempestad de risas, mezclada con gritos de «¡Qué diablos, es una luz para estas cosas!» y «¿No lamentas haber hablado, Sandy?», ahogó el resto de la frase y el abrumado testigo inclinó el sonrojado rostro, presa de patética vergüenza.

El investigador recomenzó:

—Habiendo sido descartada la vinculación algo «lejana» del joven Jones con el asunto (risas), llamemos ahora a los testigos «visuales» de la tragedia y veamos qué pueden decirnos.

Holmes extrajo sus pistas fragmentarias y las distribuyó sobre un cartón extendido encima de su rodilla. La concurrencia contuvo el aliento y observó.

—Tenemos la longitud y la latitud, corregidos por la variación magnética y esto nos da la ubicación exacta de la tragedia. Tenemos la altura, la temperatura y el grado de humedad predominante... de valor inestimable, ya que nos permiten calcular con precisión el grado de influencia que podrían ejercer sobre el humor y estado de ánimo del asesino a esa hora de la noche.

(Zumbido de admiración y una observación murmurada: «¡Santo cielo, qué profundo es!»).

Holmes tocó sus pistas.

—Y, ahora, pidámosles a estos mudos testigos que hablen para nosotros.

—Aquí tenemos otra bolsita de lienzo vacía. ¿Cuál es su mensaje? Este: que el motivo ha sido el robo, no la venganza. ¿Qué otra cosa nos dice? Esto: que el asesino era un ser de inteligencia inferior, algo trastornado o cosa parecida. ¿Cómo sabemos esto? Porque una persona de inteligencia sólida no se habría propuesto robar a Buckner, un hombre que nunca tenía mucho dinero en su poder. Pero ¡quizá el asesino haya sido un forastero! Dejemos hablar de nuevo a la bolsita. Saco de ella este objeto. Un trozo de cuarzo argentífero. Es algo característico. Sírvanse examinarlo... Usted... y usted... y usted. Ahora tengan la amabilidad de devolvérmelo. En esta costa hay un solo yacimiento que produce exactamente este tipo y color de cuarzo: se trata de un solo yacimiento que aflora a lo largo de unos tres kilómetros seguidos y que está destinado, en mi opinión, en día no lejano, a darle a su localidad fama mundial y a sus doscientos dueños riquezas que superan los sueños de la avaricia. Sírvanse nombrar esa veta.

—¡La Consolidated Christian Science y Mary Ann! —fue la rápida respuesta.

Siguió un violento estallido de hurras y cada uno de los presentes buscó la mano de su vecino y la estrujó, con lágrimas en los ojos, y Wells-Fargo gritó:

—¡El Flux de Corazones está en ese yacimiento y ahora subirá a ciento cincuenta dólares el pie! ¡Créanme!

Al restablecerse el silencio, el señor Holmes volvió a hablar:

—Advertimos, pues, que se hallan es-

130

tablecidos tres hechos, a saber: que el asesino estaba ligeramente trastornado, que no era forastero y que su móvil era el robo, no el asesinato. Sigamos. Tengo en la mano un pedacito de mecha, con reciente olor a quemado. ¿Qué revela este testimonio? Unido a la prueba corroborante del cuarzo, implica que el asesino era un minero. ¿Qué más nos dice? Esto, caballeros: que el asesinato fue consumado por medio de un explosivo. ¿Qué más nos dice? Esto: que el explosivo fue colocado contra el flanco de la cabaña más próximo a la carretera —el flanco delantero—, porque lo he hallado a dos metros de ahí.

»Tengo en mis dedos un fósforo sueco quemado, de esos que se encienden frotando contra una caja de seguridad. Lo he encontrado en la carretera, a doscientos siete metros de la cabaña destruida. ¿Qué significa eso? Lo siguiente: que el reguero de pólvora fue encendido desde allí. ¿Qué más nos dice? Esto: que el asesino era zurdo. ¿Cómo lo sé? Yo no podría explicarles cómo lo sé, caballeros, ya que los signos son tan sutiles que sólo una larga experiencia y un profundo estudio permiten percibirlos. Pero los signos están presentes y reforzados por un hecho que ustedes habrán notado a menudo en las grandes narraciones policiales: que todos los asesinos son zurdos.

—¡Así es, qué diablos! —dijo Ham Sandwich, dándose una resonante palmada sobre el muslo—. ¡Que me condenen si he pensado alguna vez en eso!

—¡Yo, tampoco! ¡Yo, tampoco! —exclamaron varios—. ¡Oh, no hay cosa que pueda escapársele! ¡Mírenle los ojos!

—Caballeros, a pesar de la distancia a que se hallaba el asesino de la víctima predestinada, no escapó totalmente al daño. Este fragmento de madera que les muestro a ustedes ahora lo golpeó. Extrajo sangre.

Dondequiera esté, ostenta la señal reveladora. Lo recogí donde estuvo parado el asesino al encender el reguero fatal.

Holmes miró a la concurrencia desde su elevada alcándara y su rostro comenzó a ensombrecerse; alzó lentamente la mano y señaló:

—¡Ahí está el asesino!

Por un instante, la concurrencia quedó paralizada de asombro. Luego, veinte voces estallaron:

—¿Sammy Hillyer? ¡Oh, no, qué diablos! ¿Él? ¡Es una locura!

—Cuidado, caballeros. Nada de precipitaciones. Observen... Tiene un rastro de sangre en la frente.

Hillyer se tornó blanco de terror. Poco le faltó para llorar. Se volvió hacia uno y otro lado, solicitándole a cada rostro ayuda y simpatía, y tendió sus suplicantes manos hacia Holmes y comenzó a implorar:

—¡No, no diga eso! Yo no hice eso. Doy mi palabra de que no lo hice. La forma como sufrí esta herida en la frente, fue...

—¡Arréstelo, alguacil! —exclamó Holmes—. Yo respondo de la orden de arresto.

El alguacil se adelantó con gesto reacio, vaciló... se detuvo.

Hillyer profirió otra súplica.

—¡Oh Archy! ¡No les permita hacer eso! ¡Mamá se moriría! Usted sabe cómo he sufrido esa herida. ¡Dígaselo y sálveme, Archy! ¡Sálveme!

Stillman se adelantó y dijo:

—Sí. Yo lo salvaré. No tema.

Luego dijo a la concurrencia:

—No les importe cómo sufrió la herida. Esta nada tiene que ver con este asunto y carece de toda importancia.

—¡Dios lo bendiga, Archy, como verdadero amigo que es!

—¡Hurra por Archy! ¡Vamos, chico, ponlos fuera de combate con tu flux contra sus dos pares! —gritó la concurrencia, enorgullecida de su talento local y con un patriótico sentimiento de lealtad, que apareció repentinamente en el corazón del público y cambió toda su actitud ante la situación.

Stillman esperó a que el ruido cesara. Luego dijo:

—Le pediré a Tom Jeffries que se pare junto a esa puerta y que el alguacil Harris se pare junto a esa otra y no le permita a nadie salir del aposento.

—¡Dicho y hecho! ¡Adelante, viejo!

—Creo que el criminal está presente. Se lo mostraré a ustedes muy pronto, si mi presentimiento no me engaña. Ahora les diré todo lo relativo a la tragedia. El móvil no fue el robo: fue la venganza. El asesino no estaba trastornado. No estaba parado a doscientos siete metros de distancia. No fue lastimado por un trozo de madera. No puso el explosivo contra la cabaña. No trajo una bolsita de lienzo consigo y no era zurdo. Con excepción de esos errores, la exposición del caso hecho por el distinguido huésped es sustancialmente correcta.

Una cómoda risa gorgoteó por toda la concurrencia. Cada cual le hizo un gesto de asentimiento a su amigo, como diciendo: «Así se habla, con intención. Gran muchacho este. ¡No acepta arriar su bandera!».

La serenidad del huésped no se vio alterada. Stillman prosiguió:

—También yo tengo algunas pruebas. Y, dentro de poco, podré decirles dónde se pueden encontrar más.

Levantó un trozo de rústica cuerda. La multitud estiró los cuellos para ver.

—Esto tiene un liso revestimiento de sebo fundido. Y aquí hay una vela quemada a medias. La mitad restante tiene incisiones practicadas con intervalos de una pulgada. Pronto les diré dónde encontré estas cosas. Ahora dejaré a un lado razonamientos, conjeturas, impresionantes correlaciones de pistas sueltas entre sí y demás vistosos despliegues teatrales del oficio detectivesco y les diré, en forma sencilla y directa, cómo ocurrió este terrible hecho.

Stillman hizo una pausa para mayor efecto, a fin de permitir que el silencio y el suspenso intensificaran y concentraran el interés de la casa.

Luego prosiguió:

—El asesino elaboró su plan con no poco esfuerzo. El plan era bueno, muy ingenioso y revelaba un espíritu inteligente, no débil. Era un plan bien calculado para apartar toda sospecha de su inventor. En primer término, practicó incisiones en una vela con una pulgada de intervalo, y la encendió y calculó el tiempo. Descubrió que se requerían tres horas para quemarle cuatro pulgadas. Yo mismo la puse a prueba durante media hora, hace un rato, allá arriba, mientras se practicaba en este cuarto la indagación sobre el carácter y costumbres de Flint Buckner, y llegué en esta forma al tiempo de consumo de una vela, cuando era protegida por el viento. Después de haber puesto a prueba su vela de ensayo, el asesino la apagó de un soplo —ya se lo he mostrado a ustedes— y puso sus incisiones de a una pulgada sobre otra.

»Puso la nueva vela en un candelero de latón. Luego, en la incisión de la quinta hora, practicó un agujero a través de la vela con una cuerda al rojo vivo. Les he mostrado ya la cuerda, cubierta por un suave revestimiento de sebo, sebo fundido y que se enfriara.

»Con esfuerzo —con muy penoso esfuerzo, podría decirse— atravesó el rígido chaparral que cubre la empinada pendiente detrás de la casa de Flint Buckner, remolcando un barril de harina vacío. Lo colocó en ese escondite absolutamente seguro y le puso el candelero en el fondo. Luego midió unos doce metros de mecha: la distancia que separaba al barril de los fondos de la cabaña. Taladró un agujero en el costado del barril: he aquí el barreno con que lo hizo. Prosiguió y terminó su trabajo, y cuando lo hubo hecho, un extremo de la mecha quedó colocado en la cabaña de Buckner y el otro, con una muesca hecha para colocar la pólvora, en el agujero de la vela, regulada para volar la casa esta mañana a la una, siempre que la vela fuese encendida a eso de las ocho de la noche de ayer, cosa que yo apostaría ocurrió, y siempre que hubiese en la cabaña un explosivo y que Este estuviera ligado con ese extremo de la mecha, cosa que también apostaría fue así, aunque no puedo probarlo.

Muchachos, el barril está ahí, en el chaparral, los restos de la vela están en el candelero, la mecha quemada está en el agujero del barreno, el otro extremo está cuesta abajo, en el sitio donde estuviera la difunta cabaña. Yo vi todo eso hace una hora, cuando el profesor estaba midiendo vacíos bastante claros y recogiendo reliquias que nada tenían que ver con el asunto.

Stillman hizo una pausa. La concurrencia aspiró larga y profundamente, aflojó sus tensos tendones y músculos y estalló en vítores.

—¡Maldito sea! —dijo Ham Sandwich—. Era por eso que Archy rondaba por el chaparral, en vez de seguir los eslabones del juego del profesor. ¡No es ningún tonto, muchachos!

—¡No, señor! Por cierto que...

Pero Stillman proseguía:

—Mientras estábamos allí hace una o dos horas, el dueño del barreno y de la vela de ensayo los sacó del sitio donde los ocultara —un sitio que no era bueno— y los llevó a uno que probablemente suponía mejor, a doscientos metros más arriba, entre los bosques de pinos y los escondió allí, cubriéndolos con pinochas.

Fue allí donde los encontré. El barreno coincide exactamente con el agujero del barril. Y ahora...

El hombre extraordinario interrumpió a Stillman, sarcásticamente:

—Nos han narrado un bonito cuento de hadas, caballeros...; muy bonito, por cierto. Ahora quisiera formularle a este joven un par de preguntas.

Algunos de los muchachos sufrieron un sobresalto y Ferguson dijo:

—Temo que Archy va a sufrir un revés.

Los demás perdieron sus sonrisas y se sosegaron. El señor Holmes dijo:

—Vamos a examinar este cuento de hadas en forma metódica y ordenada —con progresión geométrica, por así decirlo—, ligando un detalle a otro, en una marcha de firme avance y lógica e inexpugnable y despiadada contra esta llamativa fortaleza de juguete del error, trama de sueño de una imaginación novicia. Joven caballero, deseo formularle tres preguntas por ahora... por ahora. Si no he comprendido mal, ¿dijo usted que la vela ficticia fue encendida anoche a las ocho?

—Sí, señor... Alrededor de las ocho.

—¿Podría usted afirmar que fue exactamente a las ocho?

—No, no podría ser tan preciso.

—Hum... ¿Supone usted que si una persona hubiese pasado por allí a esa hora se habría topado casi seguramente con el asesino, verdad?

—Sí, así lo creo.

—Gracias, eso es todo. Por ahora. Digo, por ahora.

—¡Maldito sea! Le está preparando una emboscada a Archy —dijo Ferguson.

—Así es —dijo Ham Sandwich—. No me gusta el cariz del asunto.

Stillman dijo, mirando rápidamente al huésped:

—Yo mismo pasé por allí a las ocho y media... no, a las nueve.

—¿De veras? Esto es interesante... Muy interesante. ¿Quizá se haya encontrado con el asesino?

—No. No encontré a persona alguna.

—Ajá... Entonces —perdone usted la observación— no veo del todo claro a qué viene la información.

—A nada. Por ahora. Dije que a nada... por ahora. Archy hizo una pausa. Luego prosiguió—: No me encontré con el asesino, pero estoy sobre su pista —tengo la certeza—, porque creo que está en la sala. Les ruego a todos que desfilen uno por uno ante mí —aquí, donde hay una buena luz—, para poder verles los pies. Un zumbido de excitación cundió por el recinto y empezó el desfile, mientras el huésped contemplaba todo aquello con una férrea tentativa de gravedad, que no constituía un éxito incondicional. Stillman se inclinó, se protegió los ojos con la mano y miró atentamente cada par de pies a medida que pasaban. Cincuenta hombres desfilaron con pesado andar... sin resultado alguno. Sesenta. Setenta. El asunto estaba empezando a parecer absurdo. El huésped observó, con suave ironía:

—Parece que los asesinos escasean esta noche.

La concurrencia percibió el rumor de esta frase y se refrescó con una risa cordial. Diez o doce candidatos desfilaron con pesado andar —no, pasaron bailando, con ligeras y ridículas cabriolas que convulsionaron de risa a los espectadores—, hasta que, súbitamente, Stillman estiró la mano y dijo:

—¡Este es el asesino!

—¡Fetlock Jones, por el gran Sanedrín! —bramó la multitud.

Y, de inmediato, hubo una explosión pirotécnica y un deslumbramiento y confusión de agitadas observaciones inspiradas por la situación.

En el momento culminante del torbellino, el huésped estiró la mano imponiendo paz. La autoridad de un gran nombre y una gran personalidad forzó su misteriosa

147

compulsión a la concurrencia y Esta obedeció. Durante la jadeante calma que reinó entonces, el huésped habló y dijo, con dignidad y vehemencia:

—Esto es grave. ¡Afecta a una vida inocente! ¡A un inocente al margen de toda sospecha! ¡A un inocente que está más allá de toda duda! Escuchen mi prueba de ello. Observen cuán simple hecho puede eliminar esta necia mentira. Escuchen. ¡Amigos míos, anoche no perdí de vista a este joven en ningún momento! Esto causó una profunda impresión. Los hombres volvieron los ojos hacia Stillman, con grave aire de interrogación. Su rostro se iluminó y dijo:

—¡Yo sabía que existía otro hombre! Se adelantó con vivacidad hacia la mesa y miró rápidamente los pies del huésped, luego su rostro y dijo—: ¡Usted estaba con él! ¡Usted estaba a menos de cincuenta pasos de él cuando Fetlock encendió la vela que poco después puso fuego a la pólvora! (Sensación). ¡Y, lo que es más, usted mismo proporcionó los fósforos!

Evidentemente, el huésped había sido alcanzado por este impacto: así le pareció al público. Holmes abrió la boca para hablar; las palabras no surgieron con espontaneidad:

—Esto... es... demencia. Esto...

Stillman aprovechó la oportunidad para aumentar su ventaja. Levantó un fósforo carbonizado.

—He aquí uno de ellos. Lo encontré en el barril... y ahí hay otro.

El huésped, de inmediato, reaccionó:

—¡Sí!... ¡y usted mismo los puso ahí!

Esto fue considerado por todos una buena estocada.

Stillman replicó:

—Es un fósforo de cera... una especie desconocida en este campamento. Yo estoy dispuesto a que me registren para encontrar la caja. ¿Lo está usted?

Esta vez, el huésped se tambaleó... Hasta el más tonto pudo verlo.

Manoteó desmañadamente. Sus labios se movieron un par de veces, pero las palabras no surgieron. La concurrencia esperaba y miraba, en tensa expectativa, y el silencio añadía efecto a la situación. A poco, Stillman dijo amablemente:

—Estamos esperando su decisión.

El silencio volvió a reinar durante unos instantes. Luego el huésped respondió, en voz baja:

—Me niego a dejarme registrar.

No hubo una reacción ruidosa, pero todos se murmuraron al oído:

—¡Eso liquida el asunto! Ese hombre está en manos de Archy.

¿Qué hacer ahora? Nadie parecía saberlo. La situación, momentáneamente, se presentaba embarazosa... Tan sólo, desde luego, porque las cosas habían tomado un giro repentino e imprevisto, para el cual no estaban preparados aquellos espíritus inexpertos, y habían llegado a un punto muerto, como un reloj detenido, bajo el peso de aquella conmoción.

Pero, a poco, la maquinaria empezó a funcionar de nuevo, en forma vacilante y los mineros, en grupos de a dos y de a tres, acercaron sus cabezas y se murmuraron confidencialmente tal o cual otra posición. Una de Estas fue recibida como favor: consistía en darle al asesino un voto de gratitud por haber eliminado a Flint Buckner y en dejar que se marchara. Pero los obreros más serenos se opusieron a ello, haciendo notar que los cerebros más hueros de los estados del Este considerarían esto un escándalo y harían muchísimo ruido con ese motivo. Finalmente, los espíritus serenos se impusieron y lograron el consentimiento general a una proposición propia; entonces el que los encabezaba pidió silencio y expuso Esta. De acuerdo con ella, Fetlock Jones debía ser encarcelado y sometido a juicio.

La moción fue aprobada. Aparentemente, no podía hacerse otra cosa. Y la gente se alegraba de hacerlo, ya que, en su fuero interno, se sentía impaciente por marcharse y correr al escenario de la tragedia y ver si el barril y las demás cosas estaban realmente allí o no.

Pero, no... La dispersión se vio frenada. Las sorpresas no habían terminado todavía. Durante algún tiempo, Fetlock Jones había estado sollozando en silencio, pasando esto inadvertido en la ensimismada agitación, cuyos episodios se sucedieran persistentemente; pero cuando se decretaron su arresto y juicio, estalló en un acceso de desesperación y dijo:

—¡No! Es inútil. No quiero la cárcel, no quiero el juicio. He tenido toda la mala suerte posible y todas las penurias. ¡Ahórquenme ahora y habremos terminado! Todo se sabría, de cualquier modo... Nada podría salvarme. Él lo ha dicho todo, como si hubiese estado conmigo y lo hubiese visto...; no sé cómo lo ha descubierto; y ustedes encontrarían el barril y las cosas y entonces yo no tendría ya posibilidad de salvarme. Yo lo maté, y ustedes hubieran hecho lo mismo, si él los hubiese tratado como a perros y ustedes hubiesen sido solamente niños y débiles y pobres y sin un amigo que les ayudara.

—¡Y bien merecido que lo tuvo Flint! —interrumpió Ham Sandwich—. Miren, muchachos...

Del alguacil:

—¡Orden, orden, caballeros!

Una voz:

—¿Sabía tu tío lo que estabas haciendo?

—No. No lo sabía.

—Te dio los fósforos, ¿verdad?

—Sí. Pero no sabía para qué los necesitaba yo.

—Cuando te ocupaste de semejante asunto... ¿cómo te arriesgarte a tenerlo a tu lado... siendo un detective? ¿Cómo se explica eso?

El joven vaciló, jugó con sus botones con aire turbado y dijo, tímidamente:

—Sé cómo son los detectives, ya que los tengo en la familia; y si se quiere que no se enteren de algo, lo mejor es tenerlos cerca cuando uno lo hace.

El ciclón de risa que acogió a esta ingenua expresión de sabiduría no modificó gran cosa la turbación del pobre muchacho.

Capítulo IX

De una carta a la señora Stillman, fechada simplemente el «Jueves».

Fetlok Jones fue encerrado con llave y candado en una cabaña de troncos vacía, y se le dejó allí esperando su juicio. El alguacil Harris le proporcionó un par de raciones diarias, le dio instrucciones de que se comportara con prudencia y prometió visitarlo cuando hicieran falta nuevas provisiones.

A la mañana siguiente muchos de nosotros fuimos con Hillyer, por amistad, y le ayudamos a sepultar a su difunto pariente, el no lamentado Buckner, y yo fui el primer ayudante para llevar el paño mortuorio, siendo Hillyer el principal. ¡Cuando acabábamos de terminar nuestra tarea, pasó renqueando, con la cabeza abatida, un harapiento y melancólico forastero que llevaba un viejo maletín, y reconocí el olor al cual yo diera caza a través del mundo entero! ¡Era el olor del paraíso para mi moribunda esperanza! Al cabo de un momento estuve a su lado y posé una amable mano sobre su hombro. Se desplomó a tierra como si lo hubiera fulminado un rayo, y cuando se acercaron corriendo los muchachos, se puso de pie con esfuerzo, tendió hacia mí sus suplicantes manos y por entre sus castañeteantes dientes me rogó que no lo persiguiera más, y dijo:

—¡Me has dado caza alrededor del mundo, Sherlock Holmes, pero Dios es testigo de que no le he hecho daño a hombre alguno! Una sola mirada a sus extraviados ojos nos reveló que estaba loco. ¡Esa era mi obra, madre! La noticia de tu muerte podrá repetir algún día el dolor que sentí en ese momento, pero ningún otro sentimiento podrá comparársele. Los muchachos lo levantaron y se agolparon alrededor de él y se mostraron apiadados y le expresaron las cosas más amables y conmovedoras, y le dijeron: «Anímate y no te preocupes; estás entre amigos ahora», y quisieron cuidarlo y protegerlo y ahorcar a cualquiera que le pusiese la mano encima. Estos rudos mineros del campamento parecen madres cuando uno despierta el lado sur de sus corazones, y semejan niños imprudentes e irrazonables cuando uno despierta lo opuesto a ese músculo. Hicieron todo lo que se les ocurrió para consolarlo, pero nada obtuvo éxito, hasta que Wells-Fargo Ferguson, que es un hábil estratega, dijo:

—Si sólo le preocupa Sherlock Holmes, no necesita inquietarse ya.

—¿Por qué? —preguntó el desamparado demente, ansiosamente.

—Porque ha vuelto a morirse.

—¡Muerto! ¡Muerto! Oh, no bromee con un pobre desventurado como yo. ¿Está realmente muerto? Bajo palabra de honor, muchachos... Díganme... ¿Me está diciendo la verdad este hombre?

—¡Tan cierto como que está usted parado aquí! —dijo Ham Sandwich, y todos ellos confirmaron la declaración como un solo hombre.

—Lo ahorcaron en San Bernardino la semana pasada —agregó Ferguson, remachando el asunto—, mientras lo buscaba a usted. Fue confundido con otro. Lo lamentan, pero eso resulta ya inevitable.

—Le están construyendo un monumento —dijo Ham Sandwich, con el aire de una persona que ha contribuido a ello y sabe.

James Walker exhaló un profundo suspiro —evidentemente de alivio — y nada dijo; pero sus ojos perdieron algo de su extravío, su semblante se despejó visiblemente y su aire agotado se relajó un poco. Todos fuimos a nuestra cabaña y los muchachos se cocieron el mejor almuerzo que podía proporcionar el campamento, y mientras se estaban ocupando en ello, Hillyer y yo vestimos al forastero de pies a cabeza con ropa nueva de nuestra propiedad y lo convertimos en un viejo caballero gallardo y bien presentado. «Viejo» es la palabra justa y no deja de ser una lástima: viejo por lo abatido y por la nieve de su cabello, y por las huellas que dejaran en su rostro el dolor y la angustia, aunque está aún en la flor de la edad. Mientras comía, fumábamos y charlábamos; y cuando estaba terminando, recobró finalmente la voz y contó en forma espontánea su historia personal. No puedo repetir sus palabras exactas, pero me acercaré a ellas lo más posible.

—Ocurrió así: Yo estaba en Denver. Había estado allí durante muchos años. A veces recuerdo cuántos, a veces no. Pero tanto da. Repentinamente, se me avisó que debía marcharme o sería denunciado en público, como autor de un horrible delito cometido muchos años antes en el Este.

»Yo había oído hablar de aquel delito, pero no era el criminal: el delito había sido cometido por un primo mío, de nombre igual al mío. ¿Qué debía hacer? El miedo desconcertó mis pensamientos y no supe por cuál solución decidirme. Se me dio muy poco tiempo...; creo que un solo día. Si aquello se hacía público, me vería arruinado y me lincharían y no creerían en mis palabras. Con los linchamientos siempre sucede lo mismo: cuando la gente descubre que se trata de un error lo lamenta mucho, pero ya es demasiado tarde... Lo mismo sucedió con el señor Holmes, como lo han visto ustedes. De modo que manifesté que lo vendería todo y obtendría dinero para seguir viviendo y huir hasta que aquello se disipara y yo pudiese volver con mis pruebas. Luego, escapé de noche y me interné en un lugar de las montañas, y viví disfrazado y usé un nombre falso.

»Me sentía cada vez más turbado e inquieto y mis preocupaciones me hacían ver fantasmas y oír voces y no podía pensar con franqueza y claridad en tema alguno, sino que me confundía y enredaba y debí renunciar a hacerlo, tanto me dolía el corazón. Aquello tenía que ser cada vez peor: más fantasmas y más voces. Estos me rodeaban continuamente; al principio sólo de noche, luego también de día. Murmuraban sin cesar en torno de mi lecho y maquinaban contra mí, y esto me quitaba el sueño y me hacía desfallecer, porque no tenía descanso.

»Y luego llegó lo peor. Cierta noche, los murmullos dijeron: "Nunca podremos hacer algo, porque no podemos verlo y, por lo tanto, señalarlo". Y suspiraron. Luego, uno de ellos dijo: "Debemos traer a Sherlock Holmes. Estará aquí dentro de doce días".

»Todos asintieron y murmuraron y farfullaron de alegría. Pero mi corazón desfalleció; porque yo había leído acerca de aquel hombre y sabía qué significaría tenerlo sobre mis huellas, con su sobrehumana penetración e infatigables energías.

»Los fantasmas fueron en su busca y yo me levanté en mitad de la noche y hui, llevándome solamente el maletín donde tenía mi dinero, treinta mil dólares; dos tercios de él están aún en el maletín. Cuarenta días después, aquel hombre dio con mis huellas. Escapé a duras penas. Mecánicamente, Holmes había escrito su verdadero nombre sobre un registro de taberna, pero luego lo había raspado y escrito "Dagget Barclay" en su lugar. Pero el temor torna nuestros ojos vigilantes y alertas, y yo leí su verdadero nombre por entre lo raspado y hui como un ciervo.

»Ese hombre me ha dado caza a través del mundo entero durante tres años y medio —de los estados del Pacífico, Australasia, la India—, de todos los países imaginables; luego, de vuelta a México, y nuevamente a California, dándome apenas descanso. Pero ese nombre sobre los registros me salvó siempre y lo que ha quedado de mí sigue vivo. ¡Y estoy tan cansado! Me ha hecho sufrir mucho, pero les doy mi palabra de honor de que jamás le he hecho daño a ese hombre ni a nadie».

Tal fue el final de la historia, y por cierto, que ella les incendiaba la sangre a los muchachos, no lo dudes. En cuanto a mí... cada palabra me quemaba y taladraba el cuerpo.

Resolvimos que el viejo se alojaría con nosotros y sería mi huésped y el de Hillyer. Yo callaré, desde luego; pero apenas esté bien descansado y nutrido ese hombre, lo llevaré a Denver y le haré restituir sus bienes.

Los muchachos le estrujaron la mano al viejo con ese apretón de manos de las minas, que rompe los huesos, y luego se dispersaron para difundir la nueva.

Al amanecer del día siguiente, Wells-Fargo y Ham Sandwich nos llamaron suavemente afuera y nos dijeron, en forma confidencial:

—La noticia sobre la forma como han tratado al viejo forastero se ha difundido y el campamento está alborotado. La gente acude desde todas partes y van a linchar al profesor. El alguacil Harris está asustadísimo y le ha telefoneado al *sheriff*. ¡Vengan! Nos lanzamos a escape. Los demás tenían derecho a pensar lo que quisieran, pero yo, íntimamente, confiaba en que el *sheriff* llegaría a tiempo; porque no deseaba por cierto que Sherlock Holmes fuese ahorcado por mis culpas, como te lo imaginarás fácilmente. Yo había oído hablar mucho del *sheriff*, pero para mayor seguridad pregunté:

—¿Será capaz de detener a una multitud?

—¿Que si lo será? ¿Que si será capaz Jack Fairfax de detener a una multitud?

¡Vamos, no me haga sonreír! Es un ex bandido... tiene diecinueve cueros cabelludos en su hoja de servicios. ¡Que si puede! ¡Él! Cuando subíamos rápidamente por la cañada, se oyeron tenuemente gritos y alaridos y vociferaciones lejanos en la placidez del aire, intensificándose a medida que corríamos. Estallaban cada vez más cerca, con creciente fuerza, bramido tras bramido, y finalmente, cuando nos aproximamos a la multitud agolpada en el claro existente ante la taberna, los ruidos se tornaron ensordecedores. Algunos individuos brutales del desfiladero de Daly habían aferrado a Holmes, y este era el más tranquilo de los hombres que se hallaban allí; una desdeñosa sonrisa jugaba sobre sus labios y si había algún temor a la muerte en su británico corazón, su férrea personalidad lo dominaba y no dejaba traslucir la menor señal de aquél.

—¡Votemos, amigos! —dijo un hombre de la cuadrilla de Daly, Shadbelly Higgins—. ¡Pronto! ¿Ahorcarlo o matarlo a tiros?

—¡Ni lo uno ni lo otro! —gritó uno de sus camaradas—. Volvería a estar vivo dentro de una semana: la única manera definitiva es quemarlo.

Las cuadrillas de todos los campamentos vecinos estallaron en estruendosa aprobación y se acercaron forcejeando y en embravecido oleaje hacia el prisionero y se apiñaron en torno suyo, gritando:

—¡Fuego! ¡El fuego es la decisión! Lo arrastraron hacia el poste donde se alaban los caballos, lo apoyaron de espaldas contra él, lo encadenaron y acumularon leña y piñas a su alrededor, hasta llegar a la cintura. Con todo, el recio rostro no se demudaba y la desdeñosa sonrisa seguía jugando sobre los finos labios.

—¡Un fósforo! ¡Traigan un fósforo! Shadbelly lo encendió, lo protegió con la mano, se inclinó y lo puso debajo de una piña. Un profundo silencio descendió sobre la multitud. La piña se incendió y una diminuta llamarada osciló a su alrededor durante unos instantes. Me pareció percibir un rumor de cascos lejanos, cada vez más nítido, cada vez más claro, pero la absorta muchedumbre no parecía notarlo. El fósforo se apagó. Aquel hombre encendió otro, se inclinó y la llama volvió a surgir: esta vez cobró impulso y comenzó a extenderse... Alguno que otro hombre apartaba el rostro. El verdugo permanecía inmóvil, con el fósforo carbonizado en los dedos, contemplando su obra.

Los cascos caballares tomaron por una escabrosa saliente y su ruido se volvió atronador. Casi de inmediato se oyó un grito:

—¡El *sheriff*!

Y, de inmediato, este penetró impetuosamente en medio de la multitud, detuvo su caballo casi sobre las patas traseras y dijo:

—¡Atrás, chusma! Fue obedecido. Por todos, menos por el cabecilla. Este no se movió y su mano se posó sobre su revólver.

El *sheriff* le apuntó prestamente con el suyo y dijo:

—Saca esa mano, bribón. Aparta esa leña a puntapiés. Y ahora, desata al forastero.

El bribón obedeció. Luego, el *sheriff* pronunció un discurso, sentado sobre su caballo con marcial desenvoltura, y sin poner vehemencia en sus palabras, que dijo con aire medido y tranquilo y un tono que armonizaba con el carácter de aquéllos, tornándolas solemnemente despectivas:

—Linda pandilla forman ustedes... Digna de viajar con este tramposo — Shadbelly Higgins—, este bergante gritón que dispara contra la gente por la espalda. Si hay algo que desprecio más que nada, es una multitud linchadora; jamás he visto un hombre en una sola de ellas. Esa gente tiene que reunir cien contra uno antes de sacar a flote el coraje suficiente para habérselas con un sastre enfermo. Está formada por cobardes y lo mismo la localidad que la engendra; y noventa y nueve veces de cada cien, el *sheriff* es un cobarde más.

El *sheriff* hizo una pausa, al parecer para meditar sobre esta idea y saborearla, y luego prosiguió:

—El *sheriff* que permite a una multitud que le arrebate a un prisionero es el más vil de los cobardes que se hayan visto. Según las estadísticas, había ciento ochenta y dos que cobraban pagas de medrosos en los Estados Unidos el año pasado. Según van las cosas, pronto habrá una nueva enfermedad en los libros de los doctores: «el lamento del *sheriff*».

Esta idea le gustó; fue evidente para todos.

—La gente dirá: «¿De nuevo está enfermo el *sheriff*? Sí. Tiene lo de siempre». Y pronto habrá otro título. La gente no dirá: «Es candidato a *sheriff* del distrito de Rapaho», por ejemplo, sino: «Es candidato al cargo de cobarde en Rapaho». ¡Dios mío, pensar que un adulto puede temerle a una multitud linchadora!

Volvió los ojos hacia el cautivo y dijo:

—¿Quién es usted forastero, y qué ha hecho?

—Me llamo Sherlock Holmes y no he hecho lo más mínimo.

La impresión que le causó este nombre al *sheriff* fue maravillosa, a pesar de que debía estar informado. Habló con vehemencia y dijo que era una ignominia para el país que un hombre cuyas maravillosas hazañas habían llenado al mundo con la repercusión de su fama y de su ingeniosidad, y que narradas conquistaran el corazón de todos los lectores con el brillo y el encanto de su engaste literario, sufriese bajo la bandera de la Unión semejante ultraje. Se disculpó en nombre de la nación y saludó a Holmes con una gallarda reverencia, y le dijo al alguacil Harris que lo acompañara a su alojamiento y le hizo personalmente responsable si volvía a ser molestado. Luego se volvió hacia la multitud y dijo:

—¡A sus cuevas, morralla! Cosa que ellos hicieron. Luego, el *sheriff* agregó:

—Sígame, Shadbelly. Yo mismo me encargaré de su asunto. No... Guárdese su revólver. El día en que yo tenga miedo al verlo a mis espaldas con ese juguete, será hora de que me una a los ciento ochenta y dos del año pasado.

Y emprendió el regreso por el sendero, seguido por Shadbelly.

Al volver a nuestra cabaña, cerca de la hora del desayuno, nos enteramos de que Fetlock Jones había huido de su encierro durante la noche. Nadie lo lamentó. Que lo persiga su tío, si quiere. Es propio de su oficio. El campamento no tiene interés en el asunto.

Capítulo X: Diez días después

«James Walker» está muy bien físicamente y su espíritu revela también una mejoría. Parto con él a Denver mañana por la mañana.

A la noche siguiente. Breve misiva enviada desde una estación del camino.

Esta mañana, cuando partíamos, Hillyer me murmuró al oído: «No le digas esta noticia a Walker hasta que lo creas curado y esto no amenace con perturbar su espíritu e impedir su mejoría: el antiguo crimen a que se refirió fue cometido realmente... y por su primo, como lo dijera él. Días pasados enterramos al verdadero criminal, el hombre más desdichado de este último siglo: Flint Buckner. ¡Su verdadero nombre era Jacob Fuller!». De modo que ya lo ves, madre: yo mismo, inconsciente plañidero, he ayudado a trasladar a la tumba a tu marido y mi padre.

Ojalá tenga descanso.

Libros Mablaz Ciencia Ficción y Fantasía

http://librosmablaz.com/

Libros Mablaz CLÁSICOS de Ciencia Ficción recuperados

http://librosmablaz.com/

Libros Mablaz

Narrativa — Relatos

/www.librosmablaz.com/